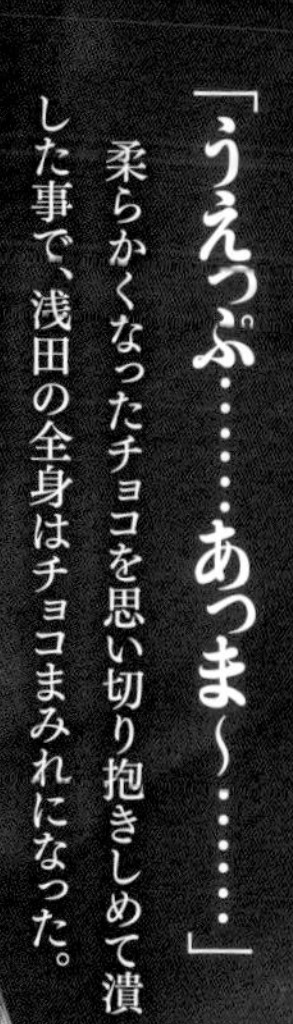

「うえっぷ……あっま～……」

柔らかくなったチョコを思い切り抱きしめて潰した事で、浅田の全身はチョコまみれになった。



**温チョコレート**

普通のチョコと違い、四十度以下だと溶けるという性質があるダンジョン産食材。
火山地帯のダンジョンで採取可能。

「――さて、今日みんなに集まってもらったのは
他でもない、文化祭の事よ」

瑞穂はスッと祐人の横に寄り、ジュースをついでくる。

「あ、瑞穂さん、ありがとう。でも自分でやるからいいよ」

「い、いいのよ。今回、祐人の活躍で何人もの
四天寺の人間が救われたんだから。

こここ、これくらいは当然だわ。本当にありがとう、祐人」

# 魔界帰りの劣等能力者

## 10. 魔人と神獣と劣等能力者

たすろう

HJ文庫
1053

口絵・本文イラスト　かる

# Contents

# プロローグ

「この度の不届き者どもが【スルトの剣】創始者ジュリアン、【黒眼】オサリバン、【地獄の息吹】ナファス、【鍛冶師】ドベルク、【万の契約者】マリノス、か」

　神前家当主の左馬之助が神前孝明からの報告を改めて読み上げる。

「まさか前大戦の曰くつきの大物能力者がこれだけ集まろうとはな」

「私も能力者の歴史に名を刻むような者どもが集まろうとは思いませんでした」

　そう応じた大峰家当主の早雲は表情を厳しいものにする。

「百年前の情報だがどれもSランク以上の能力者だろう。しかも外法で寿命を延ばしてまで生きながらえておったとは恐ろしい奴らだ。どれほどの怨念が突き動かしておるのだろうな。四天寺が標的となったということはさぞや我らが先代たちは恨みを買っていたのだろう」

「まったくですね。誇らしいことです」

「早雲」

「はい」

二人は呼吸を合わせると数多の精霊を掌握し始める。

今、重鎮席にいるべき主たちが消えたがこの場所を土足で穢させはしない。

両当主が精霊結界を展開する。

両家の最強者が張る結界は強力な遮断能力を持ち、どのような攻撃でも簡単には崩せない重厚なものだ。

「この下郎どもはここで駆逐する。追い払ったとて再び四天寺の敵となり牙を剥くだろう連中だ。先代たちの残した宿題を我々で解決するぞ」

「そうするが良いでしょう。幸運にも今、私たちには戦力が揃っています」

「うむ」

幸運とはこの日に備えていた準備に加え、剣聖アルフレッドとその仲間。

そして――堂杜祐人という少年が来ていたということだ。

「明良君が一旦、引きました。どうやら婿殿にこの場を預けるようです」

「フッ、あれだけの強敵を、しかもこの席を前にして引こうとは普通なら切腹ものの判断だが……婿殿の実力を知れば分かるな。それに見たところ婿殿の指示のようだ」

「ほほう、それではまるで」

早雲が莞爾として笑う。

「そうじゃ、例えるなら婿殿が正規軍で我が四天寺の強者どもがゲリラ部隊といったところだな。だがそのお陰で部隊の立て直しだけではなく、あちらの敵にも備えられる、いや、備えろということだろう」

そう言うと左馬之助は大祭参加者たちにあてがった屋敷の方向を見つめる。

二人とも多数の人外たちが放つただならぬ気配を感じとっている。

剣聖アルフレッドが連れてきた仲間が迎撃に向かった方向だ。

「あちらはもう抑えられぬだろう」

「いえ、よく抑えてくれていたというべきでしょう。聞けば、あの【万の契約者】が来ているとのことです。この感覚……如何ほどの数がいるのか見当もつきません。あれらがここになだれ込んできては乱戦になってしまい、我らの被害の拡大は免れないでしょう」

「だからだろう。婿殿が明良たちを一旦、引かせたのは。自分があの三人の相手をしている間に部隊の再編制をさせて自分への援護と契約者の放った人外たちへの準備をさせるということなのだろう」

「なんという方ですか、婿殿は」

早雲にニッと笑みを返す左馬之助は眼下の広場で三人の魔人を誘う祐人を見つめた。

「それにしても婿殿は、Sランク以上だろう能力者を三人も引きつけるつもりか。何という若者。あのような逸材がお嬢の側に現れようとは」

「しかし、さすがの婿殿でもきついでしょう」

「そうだな、だから婿殿も時間稼ぎを一番に念頭に置いているはずだ。まあ、アレを相手に時間稼ぎができる人物はそうはおらんだろうがな。だがこの時間は何人もの四天寺を救うものだ」

「ふふふ、婿殿を四天寺に迎えるための圧力は下からもきつくなりそうです」

「望むところだな」

◆

祐人は三方向から襲いかかってくるジュリアン、オサリバン、ドベルクの神剣持ちに対し四天寺重鎮席の反対方向に離脱する。

(乗ってきたね。ちょっと賭けだったけど。こいつらの行動原理は現体制、現能力者たちへの強い恨みだろう。だから機関筆頭格の家系、四天寺を狙った。でも恨みだけで集まった強者なら指揮系統や連携はゆるいと思ったよ)

と考えるが祐人に余裕など微塵もない。

祐人の目から見たこの三人の実力は霊力、妖力のプレッシャーから鑑み、自分と同等かそれ以上の力を秘めていると考えている。

この時、魔界で数多の戦場を駆け抜けた祐人の戦闘脳にスイッチが入った。

（研ぎ澄ませ！　本気でやらないと瞬殺される！）

久方ぶりの戦場特有の緊迫感が全身に走る。

一対一だった燕止水との戦いのものとはまた違う多人数戦闘の空気。

祐人は走りながら深く息を吐く。

「ハアア！」

全身の筋肉、神経、血液、氣の流れを知覚すると同時に祐人の臍下丹田に小さく圧縮された仙氣が解放される。

これは祐人が戦いにおいてスロースターターだった自分の欠点を補うために編み出した奥義だ。これにより祐人の本領を瞬時に発揮させる。

「逃すかよ！　大言壮語を吐いておいて躱すだけに集中するとかじゃねーだろうな！　俺たちをガッカリさせんなよ」

超人と化したオサリバンが怒りの声を張り上げた。

初撃を躱され着地したジュリアンたちは殺気だった目で祐人の姿を追い、オサリバンは間髪入れず祐人に襲い掛かる。

ジュリアンはこのオサリバンの行動に舌打ちしながら怒鳴った。

「馬鹿が！　ドベルク、囲め！」

「もうやってるよ！」

これではオサリバンが邪魔で中距離攻撃ができない。

祐人を追う三人の体から強大な霊力と妖力が溢れだし踏み込む足が大地に深くめり込む。

ジュリアンとドベルクはオサリバンの左右から回り込むように加速し、祐人の前方へ出んとした。

だが、三人は標的の少年を包囲できない。

なんと祐人はジュリアンとドベルクが左右に展開すると同時に体を翻し、後方にいるオサリバンに仕掛けたのだ。結果として二人は祐人とすれ違うことになった。

「なに⁉」

「この野郎……」

突如、正面から祐人を迎い撃つ形になったオサリバンの白目のない黒眼が光る。

「はっ！　その素っ首を切り落としてやる」

四天寺の神前功チームを撃破したオサリバンと祐人が激突する。
オサリバンの得物はギリシャ神話でメデューサの首を刎ねたとされるハルパー。
触れたすべてのものをまるでゼリーを切るかのように両断する力が付与されたものだ。
それは相手の持つ武器すらも同様である。
(てめえの刀ごと貫いてやる！)
だが祐人はハルパーを倚白の先端で弾くとハルパーは祐人の左頬の横を通り抜ける。
オサリバンは目を見開いた。
(このハルパーに触れて弾くだと⁉　なんだ、その刀は⁉)
すべてを切り裂くはずの神剣を弾かれ驚愕するオサリバンに構わず祐人は肉迫した。
祐人の流れるような、しかし大波のような力の流れをオサリバンは見てとる。
今まさに祐人は自分の懐に足を踏み入れんとしている。
だがオサリバンは同時にニヤリとした。
湾曲した内側を祐人の首側に定め、祐人の踏み込みよりも早く引き寄せる。
ハルパーの刃は内側が鋭く、本来、その内側で敵の首を刈り取るものだ。
(背後はがら空きだ、死ね！)
ところが直後、甲高い金属音が響き渡る。

「なにぃ⁉」

なんと祐人は倚白を背中に垂らすように大上段に構えてハルパーを受け止めたのだ。

しかもそれだけではなく一足一刀の間合いに力強く踏み入り、受け止めたハルパーごと満月を象るように倚白を振り下ろした。

ハルパーを巻き込みながらの凄まじい膂力での剛剣。

（な、俺ごと持っていかれる！）

ゾクっと死の恐怖が迸りオサリバンは咄嗟に神剣を手放して必死に体を仰け反って回避する。

数センチ前を倚白の剛撃が通り過ぎ、無理な体勢のまま後方に跳躍してなんとか離脱すると祐人の姿はない。

（どこだ⁉）

するとすでにこちらに背を向け、包囲しようと迫っていたドベルクに仕掛けている祐人の姿が見える。

（あの野郎、俺を無視して！）

「マリオンさん！」

「は、はい！」

祐人は叫びながらドベルクと激突し神剣にして大剣、ダーインスレイブと倚白がぶつかり合った。

「おいおい、今度は俺かい？　時間差攻撃のつもりかもしれねーが、それは欲張りすぎだぜ、坊主！」

互いの剣越しに睨み合う祐人とドベルクだがそこにジュリアンが祐人の背後に迫る。

この瞬間、オサリバン、ジュリアンの足元に光のサークルが現れ、下方から天使の白い手が二人の足を掴む。

「これは！」

「くだらない子供だましを」

オサリバンとジュリアンはすぐさまマリオンの足止めの術を払うが、これがごくわずかな時間を祐人に与える。

祐人は倚白で押しこみに来たかと思わせた途端に力を緩めてドベルクを左にいなすと下方から神速の右回し蹴りを横腹に放つ。

「舐めるなぁ！」

その祐人の蹴りを避けられぬと判断したのか、ドベルクは相打ち覚悟でいなされた神剣を強引に横に薙いだ。

この時だった。

祐人は人間離れした動きを見せる。

なんと右回し蹴りが軌道を変えてドベルクの大剣の剣の平の上にその足を乗せたのだ。

そして、そのまま後方に跳ぶ。

「な⁉ 曲芸師か、てめーは！」

祐人の跳んだ後方にはジュリアンがいた。

思わぬ奇襲を受けることになったジュリアンは祐人の動きについていけない。

しかしダンシングソードが反応して倚白を自動で迎え撃つ。

祐人はそれを読んでいたかのように倚白を手放すとダンシングソードが倚白を渾身の力で弾く。倚白は高回転しながらはるか上空へ消えた。

「は⁉」

この刹那、ジュリアンは上方にいる丸腰の祐人と目が合う。

体中に悪寒が走った。

が、手中のダンシングソードが倚白を弾いたため体が開き回避行動に移れない。それどころか次の行動を制されるかのようにダンシングソードを握った右上腕と左肩に祐人の両足が乗った。

「ムグウ！」

直後、祐人は凄まじい殺気と共に右掌打をジュリアンの脳天に叩き込んだ。

ジュリアンの脳は揺れ、歯は砕かれ、下半身の全てが地中に収まる。

祐人は即座に跳躍し空中で回転すると膝を曲げて着地した。

その僅か右横に倚白が上空から落ちてきて突き刺さる。

祐人は表情を変えず立ち上がり倚白を引き抜いた。

すると、まるでそれが合図だったかのようにオサリバン、ドベルクの体に刻まれた傷が開き、血が噴き出した。

「カハァ‼　まさか、さっきのが当たっていたのか⁉」

「グウ！　いつの間に⁉」

オサリバンには右肩から胸にかけて深さ二センチにも達する刀傷が現れ、ドベルクの顔には無数の切り傷が出現する。

祐人はジュリアンを無視し体を翻すとドベルクに再度、突進した。

# 第1章 四天寺総力戦

　こちらに迫る祐人を見てドベルクは心底嬉しそうな笑みをみせた。

　たった今、仲間のジュリアンが強烈な一撃を受け、オサリバンが深手を受けたことなど意にも介していない。もちろん自身の顔の傷などなかったかのようだ。

「やるな、坊主。こりゃ、燃えてくるぜ！　さっきのジジイを探そうと思ったがお前も美味しそうだ！」

　ドベルクも嬉々として祐人を迎え撃つ。

　祐人が倚白を横一閃に薙ぐとダーインスレイブで受け止める。するとダーインスレイブが振動し、まるで敵の血を欲しているがごとく禍々しいオーラを放つ。

「剣が荒ぶっているな。お前さんの血が欲しくて欲しくてたまらねーみたいだ」

　ドベルクは「ぬん！」と力で祐人を押し返し、大剣を軽々と上から下へと振るった。

　祐人は大剣による重撃を倚白でいなし直撃を避けながらもドベルクの動きを観察するように目を細めた。

（この剣さばきは他の二人と違って我流(がりゅう)ではないな。それにこいつの剣は……）

「そらぁ！」

ドベルクが祐人の反撃(はんげき)を牽制(けんせい)するようにリーチの長い大剣を振り回すと、祐人は体を屈(かが)め前転で躱し、ドベルクの横をすり抜ける。

ダーインスレイブの起こす刃風が強風となって距離(きょり)をとっているマリオンのところにも届いた。

「はう！　ハッ、これは」

この時、破魔(はま)の修行(しゅぎょう)をこなしてきたエクソシストのマリオンはすぐに気づいた。

「この禍々しさは……祐人さん、その剣は魔剣(まけん)です！　たとえかすり傷でも致命傷(ちめいしょう)になります」

マリオンの感じているものを祐人も感じていた。それ故に躱すことを選んだ。

マリオンは顔を強張(こわば)らせ、急激に祐人の身が心配になる。それほどに危険な剣なのだ。

「祐人さん、一旦、距離をとってください！」

だがマリオンの心配をよそに祐人はドベルクに仕掛けた。

祐人は立ち止まらない。動き続ける。

すると、マリオンの視界に深手を負い、片膝(かたひざ)をついていたオサリバン、地中に沈(しず)められたジュリアンが憤怒の表情で立ち上がるのが見えた。

「痛ぇぇ！　痛ぇぇぞぉ、小僧!!」

「堂……杜、祐人ぉぉぉ!!」

二人の体から霊力と妖気が吹き上がると交じり合い一つのうねりになって吹き上がる。

その圧迫感は機関の定めるランクAのマリオンの身体をも震わせ、戦意自体を吹き飛ばすかのような恐ろしいオーラだった。

「この場にいるだけで突き刺すような攻撃的な霊力……な、なんていう人たちなの。それにこれほどの妖気を内包して自我が保てるなんて!?」

これだけの能力者をマリオンは見たことがない。

それで今、その超越した三人の能力者が同時に祐人に迫ろうとしている。

いつも冷静なはずのマリオンが顔を青ざめさせ体中を震わせる。

同時に祐人の命を奪わんと狂相を見せた半妖の能力者たちが走り出した。

魔剣を振るうドベルクと死闘を繰り広げている祐人に超人二人が襲いかからんとする。

擦り切れそうな声をマリオンが張り上げた。

「祐人さん！　逃げてぇぇぇ!!」

マリオンは祐人をフォローしようと足止めの術を展開するが、ただスピードだけを重視した術は怒れる超級能力者には何の役にも立たず振り払われた。

もはやマリオンなど気にもとめずに祐人だけをターゲットにしている。

祐人が危ない。

このままではきっと殺されてしまう。

マリオンは咄嗟にそう考える。

祐人の強さは知っている。今までも想像を超える働きで難敵を退けてきた。

だが今の目の前の敵は乗り越えていける壁などには見えない。

一人一人が機関の定めるSランクを超えた存在ではないか。

それを三人……三人も祐人は自ら己に引きつけたのだ。

（祐人さんは何故、最も危険な場所に身を置くの？　今回のこの敵だって本来、祐人さんがすべて引き受ける必要なんてないのに）

マリオンは目を潤ませ、そう考えながらも本当はその答えを知っている。

それはきっと……、
仲間のためなのだ。

人祭への参加は瑞穂のため。

そして今はマリオンや明良たちを含めたすべての人のために戦っている。

（でもそれで祐人さんが死んでしまったら……）

これだけ自分の中で大きな存在である祐人がいなくなってしまったらと思うとマリオンは恐怖だけではない絶望に全身を包まれる。

「行かせない！　絶対に行かせない！　祐人さんのところには行かせない！」

冷静さが消え失せたマリオンはがむしゃらに祐人とジュリアンたちの間に作れるだけの防御障壁を生成する。

しかし焦りと恐怖で作られたその障壁は消費する霊力の割に質が悪く、いつもの堅固さと神聖さが足りないものだった。

そのためにいともたやすく次々に突破されていく。

数々の聖楯が突破されるにつれマリオンの目に涙が浮かぶ。

記憶の奥にしまいこまれていた過去が脳裏に浮かび、マリオンの目から正常な光を奪い、精神と神経を疲弊させていく。

（やめて、お願いやめて。このままじゃ……祐人さんが消えてなくなっちゃう。お父さんのように！）

マリオンの頭に亡き父親の顔が浮かんだ。

母親と共に戦い、母親の盾となり果てていった優しい父親。

まだ九歳だったマリオンは父親の最期のときを目の当たりにしている。

それは壮絶な戦いだった。

父親が死んだ時、今の祐人のように複数の強力な妖魔に囲まれていた。

父親は母親と連携し、自分を守るために多くの敵を己に引き込み、長時間に亘ってギリギリの戦いを繰り広げていた。

この記憶が呼び起こされると次第にマリオンの中で目の前の祐人と父親の姿が重なっていく。

「あああ……祐人さん、逃げて！　祐人さん、もういいの。いくら祐人さんでもこの敵を同時に三人なんて無理！　死んじゃう！」

マリオンは絞り出すような声を上げて涙を流す。

このような時にも敵たちの凄まじい霊力、妖力の強大さだけが肌に突き刺さる。

（こんな霊力と妖力の混じった力、知らない！　力が強すぎて私では測れない！）

距離を置いているマリオンですらそう感じるのだ。

至近で相手にしている祐人にはどれだけのプレッシャーが襲っているのか。

敵がこの姿に変貌した時、マリオンも新人試験で伝説の不死者、吸血鬼と相対した経験がなければその場で膝を折っていたかもしれない。
自分よりも強い敵を前にした経験があればこそなんとかその場で立っていられた。
しかし今のマリオンは敵への恐怖ではなく、大事な人を失うかもしれないという喪失へ
の恐怖で膝が震える。
必死に防御壁を築くばかりのマリオンへ祐人は厳しい視線を送る。
(マリオンさん!)
マリオンは祐人の視線に気づくが祐人が何を言いたいのか分からない。
いや、そんなことよりも今は祐人の援護をしなければ大変なことになる。
祐人を失ってはならない、失うなんて考えられない。
だからマリオンは一心不乱に光の弱い聖楯を乱立させる。
今、祐人は二人の超人が背後から迫っていることを気づいているはずにもかかわらず、
表情を変えずにドベルクと同等以上の戦いを繰り広げている。
祐人の凄まじい剣撃の前にドベルクは明らかに劣勢を強いられていた。
「チイッ! なんて動きをしやがる、この坊主は!」
祐人の戦意は衰えるどころか充実し、研ぎ澄まされ、動きはさらに加速していく。
まるで生き残るために必要なことをすべて知っていて、まったくぶれることなく、恐れ

る心など微塵もない戦神のような気迫を放っていた。

だが、心の疲弊したマリオンの目にはそうは映らない。

マリオンには祐人が苦戦しているようにしか見えない。

祐人の命が削られていくようにしか見えない。

またしても敵と戦っている最中の祐人と目が合う。

祐人はマリオンに何かを伝えるかのように視線を送ってくる。

やはりマリオンはそれを受け取ることができない。

マリオンは霊力が尽きても構わないと祐人に近づかんとするジュリアンとオサリバンを抑えることに全身全霊を傾ける。

「ふん、数だけの防御壁が役に立つか！」

しかし、マリオンの願いを裏切りジュリアンとオサリバンはついに祐人を攻撃できる間合いに入り込もうとした。

「……!?」

マリオンの顔が絶望で歪む。

このままでは祐人が……最も大切な人が死んでしまう。

戦うのは怖くない。

自分が傷つくのも平気だ。

ただ祐人を失うのは怖くて怖くて、どうしようもないのだ。

（私は……）

ついにマリオンの顔から表情が消える。そして高位能力者たちの壮絶な戦いの場に自らも身を投じようと一歩前に足を踏み出した。

自分があそこでどれほどの役に立つのかは分からない。

いや、分かっている。

きっと大して役には立たないだろう。

だがマリオンの心の深いところまで侵食している過去の映像が再び祐人と重なると衝動的にマリオンを突き動かしてしまう。

もしもの時は自分が祐人の盾になればいい。

（失うくらいなら死んだ方がマシ。祐人さんさえ生きてくれれば……いい！）

――その時だった。

マリオンの耳元に風がそよいだ。

このコントロールされたような風には身に覚えがある。

精霊使いたちが互いの連絡のために使うセキュリティレベルの高い通信風だ。

マリオンは四天寺からの緊急連絡かと考えて縋るような表情を見せる。

四天寺に何か作戦があるのかもしれないと期待したのだ。

だが風から聞こえてきたのは意外な人物の声だった。

〝すぐにそこから離れなさい、エクソシストの少女。その戦場にいていいのは選ばれた能力者だけです〟

「え……？」

マリオンは初めて聞く男性の声に驚く。

この声の主はおそらく四天寺家に連なる者ではない。

客人として数ヵ月、四天寺家に身を寄せていたがこのような特徴のある声を聞いたことはないからだ。それに四天寺家の人間であれば自分をエクソシストの少女、とは呼ばない。

「あなたは誰？　どこから」

〝君はその場に配役されたキャストではない。ここからは世界を賭けるに値する者だけが立っていてよい場所になる〟

「世界を賭ける？　一体、何を」

耳元で囁かれる声の主はマリオンの質問に答えず淡々と言葉を続けていく。

ここでマリオンはハッとした。

思い出したのだ。この大祭には四天寺以外の精霊使いが参加していることを。

トーナメント戦でも見る者を黙らせる圧倒的な力を見せつけた精霊使い。

「三千院水重……さん？」

〝さあ、はやく立ち去りなさい。無意味な死を迎えたくなければ。君ではこれから起こる戦いで何の役割も担うことはできない。あの堂杜という少年の邪魔になるだけです〟

「……ッ！」

この体温のない水重の言葉にマリオンは瞼を開く。

水重の言っている意味は分からない。

だが〝祐人の邪魔になる〟この言葉が失望と共にマリオンの心に入ってきた。

そして水重に促されるように超人たち相手に奮迅の働きを見せる祐人に視線を移す。

マリオンから見る祐人の姿は自分と比べてあまりに遠く、何故か寂しさすら感じて目に涙が浮かんでくる。

（祐人さんは一体、どの次元で戦っているの）

しかし、マリオンは潤んだ瞳に力を籠める。

「でも、盾ぐらいには！」

〝無駄です、やめなさい。それこそ堂杜君の邪魔になる。この場には重要なキャストが集まりだしています。まさに〝始まりの戦い〟としては申し分のない方々が。今日の戦いの行方は今後の世界を左右するもの。残念ながら君はこの重要な場面においてあまりに小さく、意味のない存在だ〟

「……っ！」

すでに弱っていたマリオンの心を見透かすように水重は丁寧な口調で、それでいて説き伏せるように話していく。

〝堂杜君は今後、望む、望まないにかかわらず重大な責任をその背に荷うでしょう。その時、君が、いや、君たちがいると堂杜君は一段、上の存在になれない〟

「一段……上？」

マリオンは別にその言葉がそこまで気になったわけではない。

ただ力なくオウム返しのように最も理解できない部分を口にしただけだった。

だがそれに対し水重はこの青年にしては珍しく饒舌に反応した。

〝そう、人にして人を超える力、存在。私には分かる。精霊を通して彼から伝わってくる、その残り香が。それは私が掴みかけた三千世界に足を踏み入れ……〟

〝違うわ！　全然、違う！〟

「……え!?」

突如、一陣の風が巻き起こりマリオンを包みこんでいた水重の精霊風を消し飛ばした。

同時に少女の声が割り込んでくる。

その風に乗った少女の声は力強く、まるで心の中に割って入ってくるように響き渡る。

〝マリオンさん、聞こえてる？　その人の話を受け入れないで！　未来はそれぞれの人が握っているのよ。一部の人だけで未来は紡がれないわ。祐人はそれを知っている〟

「この声は、茉莉さん⁉」

〝だからマリオンさん、祐人と一緒に戦って〟

マリオンは驚き、うまく状況が掴めない。

「ど、どこから？　どうして茉莉さんが？」

〝祐人の実家から帰ってきたの。今、指令室のようなところにいて袴田君もニイナさんも静香も一緒にいるわ〟

「な、駄目です！　なんで戻ってきたんですか！　ここは危険で……」

〝いいから聞いて、時間がないわ！　祐人がマリオンさんをその場に残したのはマリオンさんを頼ってのことよ。そうでなければ祐人がこんな危険な戦いにマリオンさんを残すわけがないわ。だからマリオンさんの力で祐人を助けてあげて！〟

「も、もちろん、そのつもりです！　どんなことになっても祐人さんだけは」

〝違うわ！〟

茉莉の怒りの混じった声色にマリオンはビクッとする。

〝全然違うの、マリオンさん、しっかりして！　今、あなたの前で戦っているのは祐人よ。他の誰でもないわ。よく見て、目の前で戦っている祐人の顔を！　マリオンさんなら知っているはずよ、祐人のあの顔を！〟

「あ……」

茉莉にそう言われてマリオンはドベルクやジュリアンたちとともに高速移動をしている祐人を目で追う。

祐人に表情はない。

でもマリオンには分かる。

その顔に恐怖はなく、この場を切り抜けようとする強い意志。

守らんとするもののために考えを巡らす冷静さを持っていることが。

あれこそ日常の優しい祐人とは違うマリオンの知っているもう一つの祐人の姿だ。

〝祐人はこの苦しい戦いの中でも勝利への道筋を立てているの。祐人の考える勝利はもちろん、マリオンさんを含めた全員が無事でこの状況を潜り抜けたときのことよ。それ以外は祐人にとって敗北。誰かを犠牲にしてでも勝とうだなんて微塵も考えていないわ〟

「はっ⁉」

　マリオンは驚く。

　それはまるで茉莉がさっきまでの自分の考えや状態を見透かしているような言いようだったからだ。

〝それに祐人はやられない！　絶対にやられないわ！　祐人は瑞穂さんたちを守ると言っていたもの。ここでやられたら何も守れないじゃない。祐人は絶対に嘘はつかない。それは昔からずっとそうよ。でもそれにはマリオンさんの力が必要なの。共に勝利を目指して戦ってくれるマリオンさんの力が！〟

　不思議と茉莉の言葉には強い説得力があり、弱り切っていたマリオンの心に火が灯っていく。茉莉の言うことに間違いはない、と頭ではなく心が理解したかのようだった。

〝マリオンさん、あなたは何ができて何を望んでいるの？〟

「え？」

〝突然、変なことを言ってごめんなさい。でもマリオンさん、祐人の強さはそこなの。祐人は自分で何ができるか、何を望んでいるかを知っているの〟

「私ができること、望むもの？」

〝何故だか分からないけど私、感じるのよ。祐人やマリオンさん、瑞穂さん……ううん、ここにいるすべての人の考えや想いが少しだけ分かる。変えようとする人、得ようとする人、壊そうとする人、そして、守ろうとする人がここにいる〟

四天寺家の指令室では神前孝明を始めとした面々が驚きの表情で茉莉の横顔を見つめている。今、孝明の送る風に茉莉は自らの霊力を乗せているのだ。

精霊使いが使う特有のスキルにもかかわらず他者が……いや、このような芸当ができる能力者など見たことがない。

この少年、少女たちが突然、指令室に押し入ってきた時、この少女から霊力が溢れているのを見て孝明はただならぬ雰囲気を感じ取った。

茉莉が見せている威厳すら感じる表情と全身を覆う重厚で清らかな霊力。

四天寺に起きている状況を裏の裏まで理解しているかのような口調。

何かしらの力を発現させていることは間違いないが、どのような力かまでは孝明にも分からない。

だが、想像はできるのだ。

今、この少女の振るっている力は固有伝承能力にも劣らない稀有で希少なスキルではないかと。

茉莉が再び口を開く。だが心なしか顔色が悪くなっている。

〝マリオンさん、もう一度、言うわ。あなたを祐人は頼ったのよ、それは何故なの？　多分、マリオンさんしかできないことに答えがあると思うの〟

「私にしかできないこと。私はエクソシストで、それ以上でもそれ以下でも」

マリオンがそう答えると茉莉は息が乱れ、弱々しくなった声を上げる。

だがその声には茉莉の確固たる想いが込められていた。

〝そうよ、それでいいの。祐人がこの敵を前にしても頼ったエクソシスト。だから大丈夫。祐人もマリオンさんも瑞穂さんも、きっと。マリオンさんたちが望んだことにマリオンさんの神具が、瑞穂さんには精霊が応えてくれる〟

「私の神具が答えてくれる？」

茉莉の呼吸がさらに荒くなり発する声色も苦し気なものになっていく。

〝安心して。いつものマリオンさんでいて。悲劇は繰り返さない。いえ、祐人はそれすらも打ち破るわ。だからマリオンさんも祐人を助けてあげて。祐人を一人にしては駄目なの。祐人を一人にしたら……取り返しのつかない無茶をしてしまう〟

そこで茉莉の声は途絶えた。

「ま、茉莉さん！　大丈夫ですか、茉莉さん！」

茉莉の異変に気づいて叫ぶが返事はない。

マリオンは呆然とした表情で茉莉に言われたことや問いかけを心の中で反芻する。

するとマリオンの心が急速に平常心を取り戻していく。

（私は……祐人さんが頼ったエクソシスト！）

不思議と冷静になっていき視界が広がっていく。

マリオンの眼前に死闘を繰り広げる祐人とドベルク、そして今まさに祐人を背後から襲わんとタイミングを計るジュリアンとオサリバンがいる。

凄まじい霊力と妖気で身体を覆う超人たちが祐人に同時に仕掛けようとしていた。

この時、マリオンは敵の強大な妖力に着目する。

この妖力を内に取り込んだことで彼らは恐るべき力を手に入れたのではないか。

マリオンの顔に生気が宿ると自分自身に言い聞かせるように両手で頬を叩いた。

「私はなんて馬鹿なの！　私にも祐人さんのためにできることはある。ありがとう、茉莉さん、私は祐人さんを助ける……助けたい！　私の望みは祐人さんのそばで祐人さんの望む勝利を手に入れること。私は祐人さんを信じているから！　祐人さんが好きだから！」

マリオンの全身から青色の霊力が澄み渡った清流のようにあふれ出す。

青色の霊力――それは熟練し、いくつかの壁を乗り越えたエクソシストのみが手にする清らかな霊力だ。

だがこの時、それだけではなく青色の霊力の外側に黄金とエメラルドグリーンの光が現れる。

「こ、これはラファエルの法衣！」

ラファエルの法衣が出現し、まるでマリオンを守るかのように頭上で輝きを放つ。

神具【ラファエルの法衣】を身につけるには神に祈りを捧げながら全身全霊の霊力を捧げなくてはならない。そのためマリオンは一対一の短時間での大勝負でしか纏わない。

ところが今はラファエルの法衣の方から現れ、それでいてラファエルの法衣の方から力が流れ込んでくるように感じられる。

法衣が徐々に降りてくるとマリオンを包みこみ、装飾としてちりばめられたエメラルドとマカライトが光を放った。

(私に力を貸してくれるの？　ラファエルの法衣)

「マリオーン！」

この時、上空から聞きなれた覇気のある声がマリオンの耳に入りマリオンは顔を上げた。

「瑞穂さん！」

瑞穂はマリオンの横に着地すると充実した霊力を纏い、いつにも増した力の籠った目で立ち上がる。瑞穂の周囲には命令されずとも集まった多数の精霊たちがチカチカと光を放

ち漂っていた。

「マリオン、行くわよ」

何故、瑞穂がここに？　だとか、守られるべき瑞穂がここに来るべきではない、とか、そんなことをマリオンはまったく思わなかった。

そしてどこに行くのか？　などとも思わない。

「はい、行きましょう」

何故なら決まっている。

（私たちが行くのは）

不敵な笑みを見せる瑞穂と優し気な笑みをこぼすマリオンは大きく頷く。

「私は好きな男をこんなところで独りで戦わせないわ！」

「私より大切な人を困らせる方たちはお仕置きです！」

大声でそう言い放った二人は同時に強く地面を蹴った。

◆

この数分前。

大剣ダーインスレイブの振り下ろしを祐人は倚白の刀身を左手で支えながら斜め左下に受け流す。互いの剣から火花を散らすと祐人が下段後ろ回し蹴りを繰り出した。

ドベルクは「おっと」と後方に小さくジャンプして躱す。

すると祐人は素早くドベルクとの位置取りを変えて背後から迫るジュリアン、オサリバンを迎え撃った。

「チィ、気づいてやがったか」

ドベルクが唸ると祐人はジュリアンたちの左側からオサリバンに向かい倚白を薙ぐ。

右側にいるジュリアンはオサリバンで死角になる位置取りのために祐人を攻撃するのにワンステップが必要になった。

ジュリアンたちは数の優位性を活かすことができていない。

正確に言えばその優位性を消しながら戦う祐人に対して苛立ちが増す。

「この野郎、さっきから、さっきからぁぁ！　オサリバン、そこでおさえろ！」

ジュリアンが憎々し気に大声を張り上げる。

だが上半身を斜めに斬られ、怒りに我を忘れたオサリバンにその声は届かない。

血まみれの体で倚白をハルパーで弾き、そのまま高速でハルパーを突き出す。

「痛えんだよ！　痛えんだよぉ！　痛えんだよぉ!!」

オサリバンは自分の手で祐人を殺すことのみに囚われているようだった。

(クッ、さっきより速い!?　まさかこいつ傷を負うほど戦闘力が増すのか!)

祐人は顔を強張らせるが速さよりも技でいなしていく。倚白を小さな円運動で操り最小の動きで受ける。

ジュリアンは舌打ちし仕方なく回り込むことを選択する。

そもそもここに呼んだ者たちには連携という考えが薄い。

それぞれが一騎当千の力を持つ能力者であり、個々で敵を瞬時に葬り去ることができる彼らにとって他者と連携をとる必要が生じることなどほとんどないのだ。

(この俺が四天寺毅成だけをフォーカスしすぎたっていうのか。堂杜祐人、こいつを四天寺の腰巾着としか判断しなかったことが、ここまで俺をイラつかせる結果になったとでもいうのか!)

ジュリアンはイライラと焦燥感を隠せない。

これ以上、時間がかかれば主導権は完全に失われ、四天寺も新たな手を必ず打ってくるはずだ。

それもすべて自分たちを相手にして大いに時間を稼いでいる目の前の少年一人のせいだ。

この劣等だったはずの能力者がいたせいで四天寺を壊滅させる計画が狂いだしている。

いや、すでに狂ってしまった。

（こいつは倒せる。俺たちが相手だ、それは間違いない。だが時間がかかりすぎだ。三人をここに釘付けにしやがったんだ、こいつは。俺たちが連携できないと見透かして！）

高レベルに達している能力者たちが連携を組むには能力的に分かりやすい役割分担ができるか、事前の訓練もしくは性格的に補助に回れる人材が必要である。

ところが今回のジュリアンの人選ではマリノスを除き好戦的で武闘派の者ばかりを呼んできた。

実際、彼らはジュリアンを中心に動いてはいるが、それはそれぞれの場所で好きに暴れろ、四天寺中枢の首を取れ、という指示だけだ。

ジュリアン自身、彼らに連携などそもそも期待はしていなかったし、ただ思う存分、圧倒的な力を発揮してくれればいいと考えていた。

ところが、だ。

この堂杜祐人を時間をかけずに倒すにはまさにその連携が不可欠だった。

それを祐人に突かれたのだ。

たかが年端もいかないこの小僧に。

「いい加減、死ね！」

ジュリアンはハルパーを受け止めている祐人に対し、ようやく祐人の左側からダンシングソードの間合いに入り込んだ。

が、祐人はハルパーを受け止めながら右足を軸にすり足で円を描くように体を回転させてオサリバンの体を盾とするように移動する。

ジュリアンは祐人がオサリバンの体に隠れたことでまたしても剣を止めざるをえない。

次に祐人はオサリバンに密着し、そのまま体を回転させてハルパーをいなして背後に回り込もうとする。

「そう何度も逃すか！」

激高しているオサリバンは左手を無理な体勢で背後に伸ばし祐人を掴もうとした。

その左手は鬼の手のように変形しており強烈な妖気と霊力が乗って鋼鉄をも握りつぶす力が秘められている。

「む！」

オサリバンの左手が祐人の横腹を掴む瞬間、祐人は攻撃をやめて後ろに跳び退く。

「ふうー」

着地すると祐人は服を破られた左わき腹を撫ぜて、初めて息を吐いた。

すぐさまオサリバンが襲い掛かる。

「チッ！」

ジュリアンとドベルクが同時に舌打ちをした。

ドベルクはいつの間にかオサリバンの背後に詰めていた。

（このガキ、半端じゃねぇな。こいつはオサリバンの攻撃を避けたんじゃない。俺が忍び寄っていたことを感じ取っていやがったんだ。それをオサリバンの攻撃を避けたかのように演技した。オサリバンを誘っている？　なるほど、オサリバンに攻撃させておいた方が俺たちの連携を乱しやすいと判断しているな）

ドベルクは祐人の戦闘力にも驚愕しているが、それ以上にその戦闘中における戦術眼に目を見張った。

（実力だけなら俺たちと大差ないのを知っていながら巧みに三対一にならぬように戦ってやがる。一対一を同時に三つこなしてやがるんだ。しかも流れでやってねぇ。こいつは組み立てている。この俺たちを相手に常に一対一になるように）

実力だけでもとんでもない能力者なのだがドベルクにはそのことよりも大きな疑問がよぎる。

（この戦闘把握能力はただのセンスなのか？　こんなガキが命のやりとりをする戦いでここまで冷静に生き残るための数少ない選択肢を選び続けられるものなのか？　これじゃま

るで何度も死地をかいくぐってきた歴戦の猛者のようじゃねーか）

そうなのだ。この若さでこれだけの把握力、判断力が身に付くだろうか。

何しろ命のやり取りをしている戦いだ。たった一回の判断ミスで死ぬかもしれないというプレッシャーの中で集中力を保ち続けること自体、異常なのだ。

もし身に付くのであれば元々恐怖に対し不感症であるか、数多の戦闘を経験しかつ生き残った者としか考えられない。

ドベルクは真剣な目でそう考えるが、次第に心底楽しそうな笑みを浮かべる。

（そうだとしてもだ。今のままでは誰も倒せずジリ貧だぜ、ガキ。その脇腹も実はそこまで軽傷じゃないだろ。まあ、俺は楽しめればいい。俺たちを相手にどこまでもつのか興味が湧いてきた……うん？　あれは）

「ククク……ハハハ！」

突然、肩を揺らしドベルクが笑い出す。

「あーあ、こいつに囚われすぎたな。俺が補助に回ろうとか考えたがガラでもねーし、何よりも、もったいねえ、と思っちまった。やっぱり、こんな美味しい敵を他人にあげたくねーしな。だが仕方ねえ、ここは一旦、オサリバンの野郎に預けるか」

楽しそうにするドベルクにジュリアンはイラついた顔を隠さずに睨む。

「どうした、ドベルク」

「こんなガキを中心に戦場が動いてやがったか」

「何がだ」

「おいおい、気づいてねーのか。こっちのジュリアンは指揮官向けじゃねーんだよなぁ。時間を稼がれすぎだぜ。アレを見ろ」

ドベルクの視線の先にジュリアンが顔を向けると、そこには術を練っている瑞穂とマリオンがいる。その動きは明らかに祐人の移動に合わせて距離をとっていた。

「あれは四天寺の小娘とエクソシスト！　いつの間に⁉　しかも何だ、この霊圧は！」

「それとあっちもだ」

ドベルクが別方向に顔を向けると先程、撤退した明良たちが木々の裏から集結している。

負傷者を下げて部隊を再編してきたのは間違いない。

「雑魚どもがわざわざ死にに戻って来やがったか」

いきり立つジュリアンを横目にドベルクがフッと笑みをこぼす。

「ジュリアン、あのガキがこれだけの能力者だとは計算外だが挑発されちまった俺たちも悪い。頭に血を上らせすぎだ。まあ、ある意味、あのガキを先に倒そうとしたのは正解だったがな。あいつがこの戦場の中心にいやがる。が、ここまで粘られちゃガキの思うつぼだぜ。俺たちの第一目標は四天寺だろう」

「ぬう」

ジュリアンは状況を理解し目を血走らせ歯ぎしりするように呻る。

するとドベルクはダーインスレイブを担いだ。

「だからいつものようにやろうや。もうあのガキに合わせることはねー。俺たちがの得意な形でいこうぜ。戦いの後のことを考えすぎて力を出し切れませんでした、じゃ、恰好がつかないだろ」

「ふん、ようは暴れるだけだろうが」

「まあ、そういうことだ。マリノスに連絡しろ。乱戦に持ち込む。さあいくぜ！　クックック……燃えるな！　力だけがものを言う戦場が大好きだぜ」

ドベルクの体から溢れる妖気と霊力が収束されていき妖霊力とも言うべき〝力〟に変容していく。

「四天寺をぶっ潰す。観客も関係ない。皆殺しだ。今度は俺たちの祭を始めるのでいいな、ジュリアン」

「チッ、仕方ねえ。ナファスのやられた帳尻は合わさねーとな。たくっ……四天寺壊滅のスピーカー役にする予定の観客もパーだ」

ジュリアンがそう言うとジュリアンの妖力と霊力も混じりだし、完全に一つの〝力〟に変わっていった。

ドベルクはニヤリと笑う。

「んじゃ、行くかー！　どちらにせよ、今日をもって戦端(せんたん)を開いたのは間違いねーんだ。機関に与(くみ)する連中と俺たち『鍵(かぎ)』とのな！」

# 第2章 SS能力者たちの戦場

「小僧おぉ！」

オサリバンが祐人を執拗に追い回す。

祐人は冷静に、だが紙一重でオサリバンのハルパーを躱した。

そしてそうしつつもジュリアンとドベルクの動きに気を配った。

さすがの祐人も自分の息が乱れ始めているのを感じとっている。まだまだ相手に狩られるつもりはないが、決定的な反撃のチャンスも見出せてはいなかった。

（一瞬も気が抜けない。そろそろきついかな。でももうすぐ四天寺に動きがあるはずだ）

祐人はこの強敵たちをヒーロー気取りで、ただ自分に引きつけたわけではない。

ましてや自分一人の力ですべてを倒そうなどと考えてはいなかった。

祐人の狙いは二つ。

まずは時間稼ぎである。

それは瑞穂をはじめとする四天寺家の人たちを逃がすための時間稼ぎではない。

そうであればとっくに逃げるように伝えている。襲撃者の狙いは四天寺そのものなのだ。

ここで逃げたとしても根本的な解決にはならない。必ず、またやって来る。

ここは四天寺の本丸だ。

四天寺がこの場所を放棄するなど実力的にもプライド的にも考えないであろう。

ということは四天寺はここで敵を完膚なきまでに叩くつもりのはずである。

祐人はここに至って四天寺はわざと敵を誘ったのでは、とも感じていた。

（そうだとすると喰えない人だよ、朱音さんは。最初から僕を巻き込む気だったことになる）

であれば数々の能力者との戦いの歴史がある四天寺だ。必ず、対抗策を打ち出してくる。

だから祐人は敵の手の内をなるべく引き出させるように戦い、能力者としての特徴を分析する時間を四天寺のために稼いだのだ。

そして、もう一つの狙い。

実は今の祐人にとってはこちらの方が重要だ。

それは堂杜家の祐人としての狙いだ。

（こいつらはまず間違いなくスルトの剣、カリオストロ伯爵と繋がっている。確証はない。

でもこいつらの背後には〝魔界〟がちらつく）

これだけは堂杜家の人間として絶対に放置できない。

それが堂杜家の存在理由でもあるのだ。

ロキアルムや伯爵と同じく妖魔の力を取り込む術。この術はこちらの世界では存在していないものだ。それを今回の襲撃者たちも使っている。

(カリオストロ伯爵は災厄の魔神、アズィ・ダハークの名を知っていた。魔界との出入り口、魔來窟は完全に管理できている。では、こいつらは一体どこから?)

祐人はなんとしてもこの辺の情報が欲しかった。

ジュリアンたちは一体、何者なのか?

組織された連中なのか?

組織であるならばどのような目的を持ち、そして今回どの程度の戦力を割いて攻め込んできたのか。

(それと魔界についてどこまで知っているのか。それが分かれば)

だがこいつらは一人一人が恐ろしく強い。

まさかとは思うが、こいつらと同等の戦闘力を持った能力者たちがまだ相当数、控えているのであれば正面から戦って対処できるものではない。

祐人も魔界での生死をかけた幾多の戦闘経験がなければジュリアンたち三人を同時に相

手にはできなかった。

（もしこいつらが魔界についてかなりのことを知っていて、どのような目的であれ、その存在を白日の下に晒す危険があるのならば）

父親の遼一、祖父の纏蔵も当然動くだろう。

祐人の目が鋭くなり力が宿る。

（もちろん僕も全力で排除する。どんな手段を使っても……うん？　何だ⁉）

それはジュリアンとドベルクだ。

とてつもない力の片鱗が祐人にまで伝わってくる。

（まさか！　まだ本気ではなかったのか⁉　これじゃ、みんなが）

到底、立ち向かえる相手ではない。

祐人が愕然とするとオサリバンが肩を揺らして笑いだした。

「ク……ククク、はっ、なんだよ、あいつら！　もう手の内を隠さなくてもよくなったのかよ！　それなら俺も好きに行くぜぇぇ」

そう言ったオサリバンが突然、動いた。

ハルパーを両手で掴み、祐人の左側から湾曲部分で刈り取るように薙ぐ。

（な！　速い！）

祐人は油断してなどいなかった。

ところが瞬時にオサリバンが懐に入ってきた。

祐人は避けることができず倚白でハルパーを受け止めると凄まじい衝撃波が祐人の周囲を包み込むように抜けていき祐人の両頬を裂く。

「……ッ！」

（今、ジュリアンたちに囲まれたら殺られる！）

今日の激戦で最も焦った瞬間だったが幸いにも他のS級能力者たちは来なかった。

オサリバンの後方にいる残りの二人はすでにこちらを見ていない。

（ハッ、僕の時間稼ぎがバレたか！　今は助かったけどまずい。重鎮席の守りは……む！これは⁉）

直後、祐人は目を見開き驚愕する。

ジュリアンとドベルクの霊力と妖力が完全に交じり合い、一つの力として全身からあふれ出しているのを見たのだ。

（まだ圧力が増していく⁉）

眼前のオサリバンも同様だ。

霊力と妖気が交じり合っていき、それにともなってオサリバンの力が増して祐人を倚白ごと後退させていく。

「グウゥ！」

祐人は倚白の柄と刃に手を当ててハルパーを凌ぐ。

（なんていう奴らだ！　僕が甘かった！　ここまでこの術を習得している可能性はあったはずなのに）

祐人はこのジュリアンたちの変化を知っている。

以前戦った闇夜之豹たちが伯爵の手によって妖魔の種子を植え付けられて得た力に似ているが、その実はまったく違う代物だ。

その脅威も危険度も比べ物にならない。

もはや人間とも妖魔とも言えない。

魔界における祐人の戦いを難しいものにしていった要因の一つ。

「お前ら、まさか、魔人化まで！」

オサリバンがこの祐人の言葉にまなじりを上げる。

「はーん？　何でそんなことをお前が知っている？　てめえ、本当に何者なんだ」

直情的なオサリバンもさすがに祐人に疑問が湧いた。

が、どちらにせよ問題にならないと鼻で笑う。

「まあ、いいか、どうせここで死ぬんだからなぁぁ！」

オサリバンの妖霊力が噴出し、祐人は顔を強張らす。

（これじゃ明良さんたちが来ても相手にならない。ハッ、マリオンさんは⁉　今のこいつらじゃマリオンさんにまで気は配れない。なんとか逃がさないと！）

先ほどのマリオンの様子の変化に祐人は気づいていた。明らかに強敵のオーラに飲まれていた状況だった。しかし祐人も余裕がなかったために放っておくしかなかった。

（戦場の経験がないマリオンさんにかかる精神的なストレスをもう少し織り込むべきだった。僕がもう少し気を回していれば）

ジュリアンとドベルクが四天寺の重鎮席に走り出した。

二人の凶悪な殺気が四天寺の中枢に向けられている。

「しまっ……！」

今までこうならないように三人を引きつけ、もし誰かが自分に見切りをつけて四天寺の重鎮席に行こうとしたとしても、そこをついて一撃を加えるつもりだった。

祐人の戦いの組み立てはまさにそこに集約していた。

挑発して自分に引きつける、そして強烈な反撃を与えるタイミングは重鎮席を狙った時としていた。

矛盾するようだが祐人はこの三人を相手にする時、これが最も効果的に時間を稼げ、最も有効な手傷を与えられると考えていたのだ。

しかし、祐人もまさか敵が〝魔人化〟するとは想定できていなかった。

（ちくしょう！　頼む、みんな逃げてくれぇ！）

今、オサリバンに懐深くに入られた祐人は体勢が悪い。

そのため、オサリバンをいなして援護に向かえない。

焦りと自分自身への怒りで祐人が歯ぎしりをしたその時だった。

〝祐人！　すべてを一人でやろうとするのはあなたの悪い癖って言ったでしょう！〟

「え？」

祐人の耳元に風が横切り、よく知っている覇気のある少女の叱咤する声が鳴り響いた。

すると祐人の視界の奥に二人の少女が見える。

前面にマリオン、後方に瑞穂という位置取りをしており、それは闇夜之豹の本拠地である水滸の暗城を祐人と三人で攻め込んだ時と同じフォーメーションだった。

「マリオンさん！　それに瑞穂さんまで!?　駄目だ！　逃げろぉぉ！」

そう叫ぶが少女たちはすでに術を完成させており、あとは発動をするのみの体勢でいるのが分かる。

祐人は瑞穂とマリオンに向かってもう一度逃げるように伝えようとするが二人の雰囲気がまるで違う。今までにない頼もしさと言おうか、ゆるぎない意志がその目に宿っている。

（二人とも……何が）

〝祐人！　目の前の敵に集中して！　周囲はマリオンがフォローするわ！〟

「え⁉」

瑞穂の風に祐人が反応する。

祐人は何とかオサリバンから逃れ、距離をとると別方向から明良の怒声が響き渡った。

「下郎どもが！　そちらには行かせるか！」

（あれは明良さん！）

そこに戦力を再編した明良たちが姿を現した。

四天寺中枢を狙うジュリアンたちに全チームで無数の精霊術を繰り出す。

ジュリアンたちにとって一つ一つの術は軽微でもガトリングガンのように集中砲火されれば動きは鈍る。

「雑魚どもが」

「構うな、ジュリアン！　このまま行くぜ」

ジュリアンとドベルクは明良たちの攻撃を数千と浴びながらも高みの見物を決め込んで

いる四天寺の中枢に仕掛けることを決断した。

するとその行動を先回りするように二手に分かれた四天寺家の精霊使いたちが凄まじい手数で火、風、土精霊術を繰り出してくる。

その素早い組織的な展開力と術の構成に祐人も舌を巻く。

クロスファイアーポイントにいる二人はそれらの集中砲火をまともに受けてしまう。

「むう！　あいつらも必死だな」

「ドベルク、お前はあの雑魚どもに向かえ。四天寺の頭には俺が仕掛ける。そうすればあいつらは目の色変えて飛び込んでくる。それで終わりだ！」

「冗談じゃないぜ！　あのガキを仕方なくオサリバンの野郎に譲ったんだ。それであんな雑魚どもの相手なんかしていられるか！」

明良たちの攻撃が吹き荒れる中、ドベルクは四天寺の重鎮席に特攻する。

「お前も来いよ、ジュリアン！　どうせお前もこっちと戦りてぇんだろう？」

指示に従わない仲間にジュリアンは苛立ちの表情を見せたが、もはや何を言っても無駄だと理解したのか、またはドベルクの言うことが事実だったからか、精霊術を妖霊力で防ぐと四天寺重鎮席に向かい地面を蹴った。

「この中を動けるのか！」

明良や祐人の表情が強張る。

その時だった。

「クッ！」

「何だ⁉」

まるで分厚い壁にははじき返されたような衝撃が二人に走った。

祐人は目を疑った。

なんと魔人化したジュリアンとドベルクが後方にはじき飛ばされたのだ。

何とか〝その攻撃〟を凌いだ二人は後方に吹き飛び、地面を滑走するように踏ん張りながら着地する。

祐人は魔人化に成功した能力者の脅威を知っている。

明良たちの援護攻撃があったとはいえ、そして虚を突いたとはいえ、神剣のレプリカを持ち、魔人化した能力者二人を跳ね返すとはどれだけのことか、と祐人は思う。

――すると、
それを成した人物が音もなく着地した。

「私も参加させてもらおうか。これ以上、若者ばかりに任せて先輩として居心地が悪くなるのは困るのでね」

光り輝く大剣を握る男がブラウンの髪を靡かせる。

そして不敵な笑みを見せた。

この人物こそ……、
世界能力者機関の定めるランクSSにして二つ名は【剣聖】。
十三人の【魔神殺し】の一人であり、接近戦において無類の強さを誇る生ける伝説。
今、アルフレッド・アークライトが参戦してきた。

◆

ドベルクは一瞬呆けたかのようにまじまじと目の前の人物を見つめる。

そして我に返ったかのように相手を捉えるとテンションが激しく上がり、額から伸びる角までも喜びで紅潮しているかのようだ。

「おい！　おい！　おいおい！　おいおいおい！　マジかマジか！　マジか⁉」

「き、貴様は⁉」

二人の眼前に【剣聖】アルフレッド・アークライトが愛剣エクスカリバーを握りしめ、

四天寺重鎮席を背に立っている。

「ハッハッハー！　さすがは四天寺！　またスゲェのを呼んでるじゃねーかぁぁ‼　ジュリアン、前言撤回だぜ。こいつは俺がもらう。いいな！　お前は四天寺でもあのガキでも好きな方に行けや！」

ドベルクは狂喜して叫び、まるで爆発音が耳に鳴り響くかのように妖霊力を全方位に解き放つ。

その様子にアルフレッドは笑みを浮かべ、大剣を小枝を振るかのように頭上から振り下ろして構えた。

「そこまで歓迎してくれると私も嬉しくなってくるね。是非、日紗枝にもその姿勢を学んでほしいな。では、私もその歓迎にお応えしようか！」

途端にドベルクの姿が残像を残して消える。

アルフレッドはその場で剣を横に振ると真横に姿を現したドベルクの大剣ダーインスレイブを受け止めていた。

剣圧による突風が周囲にまき散らされ、ジュリアンの髪の毛が後方に靡く。

「おい、剣聖さんよ！　真剣にやってくれるんだろうな！」

「フッ、私は歓迎してくれる相手に対して礼を失したことはないんだがね」

直後、二人の大剣が激しく舞う。

ジュリアンの周囲に消えては現れ、ぶつかり合う剣の衝撃音が鳴り響く。

(もうドベルクに何を言っても無駄だな。俺は重鎮席に仕掛ける)

ジュリアンがそう決断すると同時にまたしても無数の精霊術が押し寄せてきた。

「行かせるか！　全員、ジュリアン・ナイトに集中しろ！」

「チッ、しつけーぞ！」

一方、魔人化したドベルクの人間離れした動きに難なく合わせ、アルフレッドはドベルクの剣撃をすべて撃ち落としている。

「さすがにやるなぁ、剣聖！」

「この程度で満足されるとは存外、欲がないな」

「冗談じゃない、これからギアを上げていくぜ！　このドベルクの本気を受け止めてくれよ。お前のエクスカリバーを超えれば俺の剣が本物へと昇華されるからな」

「ほう、あなたがあの【鍛冶師】か。となると神剣のレプリカはあなたが鍛えたものということか。どこでその素材と技術を手にいれたのか興味が湧くね」

そう言うとアルフレッドが高速移動しながら愛剣エクスカリバーに手を添える。そして刃先まで指をなぞるように滑らした。

そのなぞる指先には超高密度の霊力が押し込められており、ぼんやりと薄赤い光が漏れ出ている。

するとエクスカリバーの腹に見知らぬ文字が浮き出た。

「それは神代の文字⁉　何だ、剣が⁉」

見たことのない術式に魔人化しているドベルクが驚愕する。

今、エクスカリバーの柄の形が大きく変化し、アルフレッドの右腕まで包む籠手になる。

「何かっておもてなしだよ、鍛冶師。レプリカではない〝本物〟をその目で見るがいい」

「て、てめえ‼」

ドベルクが激高する。

アルフレッドの言いようは鍛冶師である自分を小馬鹿にしたように聞こえ、ドベルクの誇りを傷つけた。

「吼えろ、魔剣ダーインスレイブ！　敵の血を吸え！　剣聖の血はお前をさらなる高みへ連れていく！」

ドベルクの額の角がさらに伸び、息が詰まるような妖霊力が吹き上がる。

ダーインスレイブの刃はドベルクの妖霊力を吸い、小刻みに振動した。

ドベルクは空気の壁を破るスピードでアルフレッドの一足一刀の間合いに入り込み、大剣ダーインスレイブを振りかぶる。

その圧縮された恐るべきエネルギーは受けても躱しても周囲を巻き込むだろうことは経験豊かな能力者なら分かる。四天寺家の広大な敷地を半分は更地に変えるだろうものだ。

これにはオサリバンと交戦中の祐人に寒気が走る。

だが、どうにかできる状況ではない。

(こいつらは仲間にどんな影響が及ぶのかという考えがないのか!)

祐人は瞬間、オサリバンに仕掛けるとドベルク、アルフレッドの位置からオサリバンを盾にするように移動し、かつ瑞穂、マリオンが自分の背後になるように誘導するとできる限りの仲間を守ろうと仙氣を練り上げる。

(駄目だ! 明良さんたちと朱音さんたちまではフォローできない!)

祐人は歯を食いしばり、悔しさと無力感が一緒くたになった表情を見せた。

そして、魔人と剣聖が激突する。

「みんなぁ! ショックに備えてぇ!」

祐人の怒号が広場に響き渡る。

が、衝撃波は来ない。

祐人を含めたその場にいるすべての者たちが驚愕に染まった。

なんと……魔剣ダーインスレイブが折れた。

魔人ドベルクは声を上げることもできす、全身を聖剣の炎で焼かれながら重鎮席前からその遥か遠い木々の中へ吹き飛び消えていった。

想像に反する出来事に祐人はオサリバンと距離を取りアルフレッドの方向へ目を移す。

「私はこれでも剣聖と呼ばれていてね。【剣聖】が【鍛冶師】に剣技で後れを取っては私の存在価値に関わるだろう。力はまき散らすのではなく集中させる。剣技とは意外と地味なのさ。覚えておくといい、鍛冶師」

そう静かに語る剣聖アルフレッド・アークライトはエクスカリバーを薙いだ。


アルフレッドはオサリバンと交戦中の祐人に顔を向けるとニッと笑う。

（アルフレッドさん、なんという戦闘スキル）

祐人にはどういう意味の笑みなのかは分からなかったが、これ以上に頼もしいと思う援軍はない。

するとアルフレッドが祐人に声をかけてきた。

「少年！　悪いがそちらは頼めるか。こちらもまだ忙しくなりそうなのでね。鍛冶師もまたすぐに来るだろう」

「はい！　アルフレッドさん！」

祐人がそう受ける。剣聖の言うことは重要で現状、最も必要なことだ。

ずっと感じていたが木々の向こうで人外の気配が先ほどより増えている。いまだに増え続けている。圧倒的な数にまで召喚してこちらに突入するつもりだろう。

そうすれば完全に乱戦になる。

明良たちだけでなく瑞穂やマリオンでさえ組織だった連携でより力を発揮するのだ。乱戦にされて個々の戦いに引きずり込まれてはこちらの被害は甚大になる。

こういった時、質が悪いのはジュリアンたちの存在だ。一人一人の実力は本来、個で打ち倒せる連中ではない。乱戦で一番、味方を食う存在になる。

だから自分やアルフレッドのような実力を持つ者が乱戦になる前に奮戦する必要があるのだ。

この二人のやりとりに祐人と交戦中のオサリバンが怒りを露わにした。

「余裕かましてんじゃねぇ！　あの程度でドベルクがやられるわけねーだろうが！　それにてめえが俺をどうにかできると思ってんじゃねぇぇ！」

剣聖登場のお陰でオサリバンの連撃の突きを祐人は捌きながらも瑞穂とマリオンとの連携に頭を回す余裕ができた。

おそらく二人では自分とオサリバンの戦いに援護をする隙すら見つけることはできないだろう。ランクＡの優秀な二人だが相手が悪すぎる。

であれば自分がうまくそれを作り上げて、決定機を作らなければならない。

祐人は頭の中で戦闘の組み立てを思案した。

アルフレッドは祐人の戦いぶりに感心しながらも、明良たちから集中攻撃を受けているジュリアンに体を向けた。

「アルフレッドさん、ね。剣聖とは呼ばないか。やはり君は……」

アルフレッドは小声でそう呟いた。

◆

アルフレッドとドベルクの交戦中、ジュリアンは明良たちの数千の精霊術を受けていた。

ドベルクが剣聖を前にして嬉々としてその場を離れたことで、明良たちの攻撃を一身に受けることになったのだ。

一つ一つはジュリアンにとって大したものではないが、それでも数にものをいわせて間断なく仕掛けられると足止めを余儀なくされる。

しかも明良はこちらの攻撃の効果が薄いと判断すると風精霊術を牽制に使い、土精霊術をメインに岸壁や大地を割るなど物理的な作用による足止めに終始した。

（こうも思い通りにならねーとはな。忌々しい四天寺が。前大戦のときもそうだった。有利に進めていた戦場も四天寺が現れるといつもいつも面倒を起こしやがる！）

ジュリアンはドベルクとは対照的に憎々し気な表情でそう考えると、ジュリアンの妖霊力が怒りで揺らぎ赤黒い色に染まっていく。

するとジュリアンは重鎮席から見て左側の上空に顔を向けた。

「あれは……」

そこには数十のハーピーが飛び上がり、こちらに向かって来るのが見える。

「ククク、ようやくマリノスも来るか。俺たちの魔人化にも気づいているようだな」

（最終段階に入るな。乱戦となるのは想定外だが考えてみれば別に俺たちに不利になったわけじゃない。多くの雑魚を相手にできるナファスが殺られた戦力低下は痛いが、奴もそこまでだったということだ）

「もう出し惜しみはなしだ」

ジュリアンは明良たちの攻撃を分厚い全方位の結界ではじき返した。

たった今、ドベルクが弾き飛ばされたことなど気にもとめず、驚きもしない。

すべての攻撃をはじき返すこの結界の強固さに明良率いる四天寺の部隊が動揺する。

(四天寺の中枢は俺がもらう)

ジュリアンはドベルクを無視し重鎮席に跳躍をしようと足に力を込めた。

(新しい大戦が始まる前に四天寺を叩いておく!)

再び明良たちが数千のかまいたちとファイアアローをジュリアンに叩きつける。

明良たちは観覧席前の広場の境目の木々の後ろを自由に動き回り、攻撃ができる最適ポイントに移動していた。

「いい加減、ウゼーな」

ジュリアンは一旦、移動方向を変えてアルフレッドから距離をとるように移動し、全方位結界で明良たちの攻撃を弾くとダンシングソードの刃に左手をかざす。

すると掌から禍々しい球状の妖霊力が出現し、やがてダンシングソードに吸収される。

「消えろ」

ジュリアンが妖霊力を乗せたダンシングソードを薙いだ。

剣圧と共に妖霊力が放たれ、エネルギーの塊が拡散し大地を割りながら二手に分かれた明良たちの片方の部隊に滑走していく。

この様子がオサリバンの攻撃を躱していた祐人の視界に入る。

頭の中で組み立てていた瑞穂とマリオンの援護を受けるタイミングも飛んでしまう。

（明良さんたちが！　アルフレッドさんも間に合わない！）

アルフレッドも自分も近接戦闘型だ。アルフレッドが重鎮席に行かせまいとジュリアンに迫っていたが、ジュリアンの術が先んじている。

さらにここで祐人は上空に蠢く黒い影を見つける。

（上空に魔物が！　ついに来る！　クッ）

ジュリアンの攻撃も尋常ではないが迫る魔物たちの暴力的な数は深刻だ。

剣聖が参戦し、この場での負担が一気に減ったとはいえ、敵の実力も魔人化で跳ね上がり、さらには祐人が把握しきれないほどの数の人外がいる。

四天寺の司令部らしきところから【万の契約者】という者も来ていると聞いた。

（召喚士だとしても異常な数なのにこれほどの数の人外と契約していることなんて⁉　契約人外となると細かい指令を出さなくても個々に判断してくるぞ）

契約した人外の知能にもよるが召喚士の人外よりも柔軟に行動してくる。契約者が優れた指揮官タイプであれば一軍が投入されてきたのと同義となる。

その魔物の軍勢がまもなく乱入してくる。

これでは自分だけではカバーできない。

剣聖アルフレッドがいても圧倒的に手数が足りない。

「む！」

オサリバンのハルパーが祐人の前髪を掠める。

反応が僅かに遅れ、祐人の髪の毛が数本散った。

オサリバンが舌打ちをする音が聞こえ、さらにたたみかけてくるようにハルパーを繰り出そうとするモーションが見える。

オサリバンはそんな簡単に引き剥がせる敵ではない。

（クソ！　どうすれば！）

この時だった。

明良たちの前面に巨大なエメラルドグリーンの聖楯が上空からカーテンが降りてきたように形成されるとなんと魔人ジュリアンの放つ強烈なエネルギーボールが防がれた。

「な⁉」

（あれを防いだ！　誰が⁉）

「祐人さん、思うように戦ってください！　祐人さんが自分のことに集中できるように私が周囲に気を配ります！」

マリオンの声が祐人の耳に届く。

「馬鹿な！　俺の攻撃をエクソシストの小娘が防いだだと!?」

ドベルクが吹き飛んだことすら気にかけなかったジュリアンがマリオンに驚きを隠せずに歯ぎしりをする。先ほどまで相手にするレベルではなかったはずだ。

「おっと、それ以上はやらせせんよ」

「クッ！」

到着したアルフレッドがジュリアンに一刀を加えるとダンシングソードで辛くも防ぐ。

ジュリアンはアルフレッドに押し込まれながら高速で回避し、剣を振るう羽目になった。

続いて瑞穂の声が響く。

「祐人！　あなたは目の前の敵に集中しなさいと言ったでしょう！　なんでも自分でコントロールしようとするんじゃないわ！　それに四天寺はそこまでやわじゃない！」

祐人とオサリバンの間に圧縮された大風が獲物を狩るシャチのように絶妙なタイミングで通り抜け、オサリバンの次発の攻撃を封じた。

祐人は瑞穂の援護のためのお膳立てはしていない。にもかかわらずまるで祐人とオサリバンの戦闘を先読みしたような援護だった。

「チィイ、何だ!?　四天寺の小娘か！」

オサリバンが攻防に割って入ってきた瑞穂を吐き捨てるように睨む。

祐人は二人の少女の叱咤と援護を受け、瑞穂とマリオンに視線を移すと目を見開く。

先ほども感じたが瑞穂とマリオンから感じる雰囲気、霊力の厚みが今までとはまるで違うのだ。加えて二人の表情は戦場における覚悟をすでに持っている顔をしていた。

言ってしまえば戦場でこれだけの強敵に遭遇することは不運と言える。

今、相手にしているのは魔界での経験も含めて生半可な敵ではない。

祐人や四天寺家といえど選択を間違い続ければ全滅させられるだろうという恐ろしい強敵。瑞穂やマリオンにとっては経験がないほどの敵だろう。

それにもかかわらず二人は揺るがない精神をその目に宿しているのが分かったのだ。

（この難敵を前に戦意を失わないどころか瑞穂さんとマリオンさんの霊力の強度が増している？　まるでこれは……）

祐人は魔神が蔓延る戦場で共に駆け抜けた魔界の仲間を思い出させられた。

どちらか一方が守られる対象ではなく対等にフォローし合い、互いの背中を預けた戦友たち。

彼女たちの目にはこの戦いにおいて自分のできることを理解し、ただそれを遂行する強い意志が宿っている。

祐人はこの時、ようやく理解した。

それが瑞穂の持つ四天寺としての自信と誇りなのだろう。

心優しいマリオンはどのような敵だろうとも仲間を守る決意を示したのだろう。

精神が肉体を凌駕し、恐怖と絶望に勝ったのだ。

「オラァ！　小僧、どこを見ている！　何人でかかってこようがてめえが死ぬのは変わらねえぞ！」

オサリバンが再び、祐人に仕掛ける。

祐人はオサリバンのハルパーを弾き、下段後ろ回し蹴りで足を払うとオサリバンが跳躍し躱す。

「ヌウッ！」

この祐人の動きにオサリバンが唸る。

何故か今に至って祐人の〝キレ〟が増しているのだ。

祐人は彼女たちが自分に対する深い愛情をきっかけに恐怖と混乱を乗り越える精神力と闘志を生み、一段上の能力者に覚醒したとは当然知らない。

だが今、一つだけ言えるのは瑞穂とマリオンが共に戦ってくれることがこんなにも心強く、戦いへの集中力を極限にまで高められると予感させた。

「祐人、あなたにとって私たちが頼りなく感じていたのはあなたのせいじゃないわ！　あなたが私たちを常に気にかけてくれたのも嬉しいわよ。でもね、それでこいつらに勝てるの？　祐人なら分かるでしょう！　私はあなたの荷物になるなんて真っ平よ！」

「祐人さん！　何も庇うだけが守ることになるわけじゃありません！　それを気付かせてくれたのは祐人さんなんですよ！」

この二人の言葉に祐人はハッとした。

自分は一人でこの敵をすべて相手にしようとしていた。それに固執していた。

それは作戦として目を閉じながら針に糸を通すようなレベルのもので非常識でかつ傲慢な考えだ。

あまつさえ仲間たちの力を常に最低限のところに見積もり、気遣いすぎて、結果的に敵を利する行為をしていたのは自分だった。

魔界で失ってはならないものまで失い、学んだのは何か？

瑞穂とマリオンの言葉は魔界で最も過酷な戦いに赴いた時に交わしたリーゼロッテの数々の言葉を蘇らせる。

〝祐人は仲間のことを考えながら戦いすぎ！　それは翻せば私たちのことを信用していないともとれるのよ〟

〝祐人、私たちを守ろうとしてくれているのは嬉しいけどそれで大義を見失っては駄目よ。私たちの後ろにはたくさんの人たちがいることを忘れないで。もちろん命を粗末にしていいということではないわ、生きていなければ何もできない。でも為すべきことを放棄してまで私は生きようと思っていないわ〟

　リーゼロッテの言うことは祐人に厳しい指摘だった。

　祐人にとってリーゼロッテが世界と同等の価値を持っていたのだから。

　だが、リーゼロッテは決まって最後にこう言うのだ。

　誰よりも祐人を労わるように。

〝ごめんなさい、こう言うと祐人が困ると分かっているのにね〟

　そして、祐人は自分の甘さからリーゼロッテを失った。

　祐人の顔つきが変わり頭の中がクリアになっていく。

　凝り固まったこだわりが消え、自分のしなくてはならない、為さねばならないことが明確になっていく。

　今、混迷した戦場で仲間や味方にとって一番ありがたいのは……、

（目の前の敵をいち早く倒すことだ！　それに必要なリスクをとるし仲間にもとってもらう！　それが結果として多くの仲間を救う）

　この瞬間、祐人の中で瑞穂とマリオンは守るべきものではなくなった。

　背中を預け、共に戦ってもらう。

「瑞穂さん、マリオンさん！　瑞穂さんは僕が仕掛けたら必要な時に必要なだけ攻撃して！　それとこいつは精霊術が効かない可能性が高い。物理攻撃に繋がる攻撃を意識して。マリオンさんは周囲を見て僕だけじゃなく全体をカバー！　あそこから召喚された魔物どもが大量に来るよ！」

　そう言う祐人の充実した仙氣が臍下丹田から湧きあがっていく。

「状況は流動的だ！　仲間が増えようが敵が増えようが二人はなんとしても僕に食らいついてくるんだ！　ついてこれなければ置いていく！　いいかい？　僕を使って敵を倒すことだけを考えるんだ」

「分かったわ！」

「はい！　絶対に見失いません！」

　祐人の指示に瑞穂は不敵な笑みで、マリオンは輝くような笑顔で応じた。

　二人の返事を聞いた祐人は眼前にいるオサリバンに仕掛けた。

また、祐人はもう一つの目的がある。

それはこの敵たちと魔界との繋がりを確かめることであった。


大きく戦場が動いた。

ついに数にして数百にも及ぶ魔物たちが乱入してきたのだ。

明良率いる四天寺の精霊使いたちはあまりの数に顔色を変えてしまう。

「な、なんという数。これが召喚ではなく、すべて契約したって？　こいつら魔族、デーモンまでいるだと⁉」

「マリノスって奴ですか⁉　【万の契約者】っていうのは伊達じゃなさそうね」

これら仲間の反応に明良が一喝する。

「狼狽えるな！　孝明さんから指示が来ている！　重鎮席前で鶴翼の陣形で迎え撃つぞ！　急げ！」

指揮官の明良に迷いはまったくない。

それどころかこの難局に自信すら感じさせる声色だった。

「し、しかし、明良さん！　それではあいつらは誰が抑えるんですか！」

「構うな！　あいつらには剣聖と婿殿、瑞穂様たちがいく！　私たちはこの魔物どもを徹底的に抑えるぞ！」

明良の指示に仲間たちは微妙な表情を見せる。

剣聖は分かる。

だが、あの魔人化した襲撃者は明らかにSSランクの能力者と比較しても遜色はないのではないか。それが今三人も、そして四人目がこの場に集まろうとしているのだ。

たしかに今までの祐人の活躍は想像を超えるものだった。

それで心も躍り、士気も大いに上がった。

だが魔人化までしたこの連中にいくらなんでも将来大切な祐人を当てるのはどうかと考える。

祐人はあの若さでこの強さなのだ。これからもっと強くなるだろう。四天寺の婿としてこれ以上ない逸材。しかも瑞穂まで付き添って出陣しているではないか。

そうであれば自分たちが盾になってでも守るべきではないのか。

するとそういった皆の考えを明良は読んだかのような顔になった。

「婿殿なら大丈夫だ！　むしろ私たちでは邪魔になる。見ておけ！　婿殿の戦いぶりを。戦場で婿殿ほど頼れる人を私は毅成様以外に知らない！」

明良が断言するのと同時だった。

明良たちが率いる四天寺の本隊の目の前で魔人オサリバンが吹き飛ばされ、さらに祐人が同スピードで移動し、追撃をかけようと倚白を振り下ろす。

その刃先はオサリバンの首を迷いなく狙っていた。

オサリバンは滑空しながらも必死にハルパーで受ける。

しかし祐人のしなやかな動きからは考えられぬ剛剣に直角に地面に叩き落とされ、自身のハルパーの反対側の刃で自分の首を僅かに裂いた。

止まらぬ祐人はオサリバンの横腹を蹴り上げる。

「グウゥ！」

鈍い痛みがオサリバンを襲い、そのまま宙に飛ばされると、そこを待ち受けたかのように瑞穂の炎槍が複数襲いかかる。

昼間なのにもかかわらず、辺りを派手に照らす炎がオサリバンを中心に巻き起こり、オサリバンが墜落した。

「瑞穂さん！　こいつは何故か精霊術が効かない！　無駄な攻撃は邪魔だよ！　物理攻撃は効くみたいだから僕を前面に押し立てるように術を放つんだ！」

「分かったわ！」

即座に瑞穂は土精霊術でオサリバンの下方の地面を大きく割るとそこにオサリバンは落

ちていった。その後、瑞穂が拳を握ると地面の割れ目は戻っていく。

「段々、分かってきたよ！　こいつは精霊術などは無効化できる。その代わり物理攻撃にはダメージを受ける。けどダメージが蓄積するほど力とスピードが増すんだ！　この情報を本部に伝えて」

「何よ、それ！　完全に精霊使いキラーじゃない！　厄介な奴！　どんどん強くなっていったら祐人は対処できるの⁉」

地中に閉じ込められたオサリバンが轟音と共に現れる。だがそれと同時に祐人が後ろ回し蹴りをお見舞いしオサリバンが防ぎながらも吹き飛んだ。

「速くなろうが力が増そうが、技が向上するわけじゃない！　それなら何とかなる！　ほら行くよ、瑞穂さん！　マリオンさんは突入してくる魔物たちも警戒して！」

「忙しいわね！」

「もうやってます！」

三人の少年少女が一陣の風のように過ぎ去っていく。

「なんと！」

「婿殿に瑞穂様！　しかもマリオン様まで見事な連携だ」

度肝を抜かれたような同僚たちに明良がニヤリとしながら大声を張り上げる。

「分かったか！　それぞれに相応しい役割があるんだ！　我々はあの魔物の群れを押し返すぞ！」

明良の号令で移動を開始すると視界を奪うほどの契約魔たちが襲い掛かってきた。

マリオンは突入してきた敵に悪魔系が多いことを確認すると清浄な霊力を全身に循環させプリーストの『祝福』を広範囲に展開し、全能力者たちの対悪魔の耐性を上げる。

「おお、何だ⁉　力が湧き出るようだ」

「マリオン様の祝福だ！　こ、これは精霊術に神聖さが付加される？　こんな祝福は聞いたことがない！」

このマリオンの援護は今から始まる戦いにおいて最も助けになる効果なのは間違いない。

明良たちはそれぞれのチームに分かれ配置につき、恐ろしい数の魔物へ攻撃を開始した。


オサリバンは地に手をつけるとハッとしてすぐさま跳ね起きて祐人の倚白を躱した。

（こいつ！　強さが……いや戦い方が変わりやがった⁉）

オサリバンはこれまでの祐人との戦闘で段々と祐人の癖や考えが分かってきていた。

祐人の戦い方は常にこちらの攻撃を弾き、自分の体勢を崩すことに主眼を置いていた。

おそらくそれは体勢が崩れた途端に他の場所へ援護に向かうか、より生存率の高い位置取りと仲間への攻撃が向かわないようにしているのだろうと勘づいていた。

しかし今は違う。

祐人自身がリスクを負うようになった。

それはギリギリまで踏み込み、互いの攻撃が相打ち寸前のところまで仕掛けてきて、僅かにオサリバンを上回るのだ。

（この糞小僧！　今まで実力を隠していたのとは違う！　こいつ、俺との殺し合いを見切りだしたとでもいう気か！）

そして僅かにでも祐人と距離をとると瑞穂からの攻撃が来る。

「チイ！」

オサリバンに瑞穂の操る岩石が飛来するが、オサリバンは背後から乱入してきたデーモンたちを盾にこれを防ぎ、さらには祐人の追撃を遅らせた。

だが祐人は表情一つ変えずに入るデーモンの群れを切り伏せながらオサリバンを追いかける。この時、祐人をフォローしていた瑞穂はとてつもない数の魔物のせいで祐人の姿を見失った。

しかし、慌てることはない。

（こんなのはミレマーで経験済みよ！　祐人はそこね！）

瑞穂の集中力に精霊が呼応する。

「吹き抜ける風は新たなる風を呼び覚ます！」

詠唱後、祐人の居場所を推測し、両腕に巻き付く烈風を放つ。

二本の竜巻が高速列車かのように走りデーモンの群れの中を貫いた。

直撃されたデーモンたちは為す術もなく羽は千切れ、体は引き裂かれ、バラバラになって地面に散らばった。

するとオサリバンと祐人の姿が視界に現れる。

二人の間には何も邪魔になるものはない。

祐人の目が光り、仙氣が倚白を包むのが瑞穂にも分かる。

（やりなさい！　祐人）

この時、先ほどの瑞穂の攻撃で依然として押し寄せてくる魔族たちが瑞穂を標的として定めた。化け物たちは瑞穂が危険な存在と理解したのだ。

が、その瞬間、瑞穂の前面の地面から光の粒がキラキラと漂いだした。

「ディバイン・グラウンド！」

マリオンの浄化範囲術が多数のデーモンたちを一撃で塵に変える。

瑞穂とマリオンは目を合わせるが何も語らず、そのまま祐人を追いかけた。

オサリバンは迫る祐人に怒りと殺意の籠った目で口を歪ませる。

「小僧がぁぁ！　てめえの顔は見飽きたぞ！」

オサリバンも前に出る。

祐人と魔人オサリバンが正面からぶつかった。

直後、オサリバンの左腕が切り飛ばされ、続けざまに倚白がオサリバンの右肩を貫いた。

◆

この時、ミラージュ・海園と天道司がこの激戦の広場に飛び込んできた。

「海園！　どうするんですか⁉」

「どうもこうもねーよ！　あんな化け物たちを召喚されたら俺たちだけでは無理だ！　あんなもん、ランクSが増えたのと大差ねーだろうが」

「それはそうですが……うっ！　こっちもとんでもないことになっていますね」

司がとんでもない数の魔物と魔人オサリバンと激突している祐人、ジュリアンとアルフレッドの刃風が吹き荒れる状況を見て鼻白んだ。

「司、とにかくボスや四天寺の指令室に伝えるんだ！　神話級の高位人外が召喚されてるってな！」

「分かってますよ！　でもこの乱戦状態でどうやって伝えるんですか！」

「知るか！　お前が考えろ！」

「なんでいつも、あなたは……あ、ボスがいますよ！　また、とんでもないのとやり合ってるようですね。まったく、どんな敵を呼び込んでいるんですか、四天寺は！」

司はジュリアンと剣を交えているアルフレッドを見つけ、同等に立ち回り、禍々しい妖霊力を纏(まと)うジュリアンに目を見開く。

「よし、ボスのところに行くぞ！」

「はあ～、厄介な敵を引き連れてね」

「うるせー、どちらにせよ、俺たちのせいじゃねぇ！」

そう言いながら二人は魔物たちの間を駆け抜け、アルフレッドが戦闘している地点を目指した。

直後、海園と司が飛び出してきた林からマリノスがゆっくりと歩きながら姿をあらわした。

「うん？　ドベルクの妖霊力が感じられませんね。まあ、そのうち来るでしょう。こんな戦場はドベルクの大好物でしょうから。それにしても私の契約した友人たちがまったく歯が立たないとは。中々の強者がいますね」

　相変わらず顔色の悪いマリノスがため息交じりに呟くと、その後ろに控える二人……いや擬人化した二体の人外がマリノスと歩調を合わせるように横に立つ。

　両方とも男性の姿で一人は豪奢なマントを羽織り、まるで一国の王のような威厳と好戦性を兼ね備えた風貌で、もう一人は中世の騎士のような雄々しい甲冑を身につけている。

「マリノスよ、参戦するのだろう？」

　マントを羽織る男がマリノスに声をかける。

「ええ、お願いします。指揮はあなたにお任せします、ワイバーンさん」

「分かった。では指揮をさせてもらう」

　神獣ワイバーンの権能は指揮する軍勢の能力向上、士気向上、意思疎通向上だ。

　このワイバーンが【万の契約者】マリノスの人外の軍勢を強力たらしめると言っても過言ではない。マリノスの契約人外の中で最も大きな役割を果たしている。

「んじゃ、俺も新しい首を探しに行こうかな」

　ワイバーンの横から甲冑姿の男が声を上げる。

「その顔、気に入っていたんじゃないんですか？」

「もっといいのがあればだよ、マリノス。文句は言うなよ？　俺との契約に反するだろ」

「文句なんてありませんよ。　好きにしてください」

「では、行ってくる！」

「いい首がなけりゃ、さっきの二人のどちらかにするか」

マリノスと契約する最強の人外二体が乱戦に参戦してきた。

◆

「ぐぬうぁぁ！」

「祐人！」

「祐人さん！」

「おお！　婿殿がやった！」

「す、すごい！　動きが見えないです」

祐人は倚白でオサリバンの左腕を切り飛ばし、続けざまに右肩を貫いたのだ。

誰(だれ)の目からもオサリバンとの戦いの趨勢(すうせい)が見えた……が、祐人は眉根(まゆね)を寄せる。

（こいつ……今、わざと攻撃を？　ダメージを負って能力を上げる気か！）

祐人は倚白を素早(すばや)く抜き、後方へ跳(と)んだ。

　オサリバンは苦痛に顔を歪め、憎しみを込めた顔で祐人を睨むと、失った左腕をそのままに祐人に襲いかかった。

「痛ぇぇぇじゃねぇかぁぁ！」

（速い！　速くなった……だけど！）

　奇声を上げ、明らかに今までよりも速度が増したオサリバンの渾身の突きだ。

　だが、祐人はハルパーの軌道を読み、右脚を折り腰を沈めてオサリバンのハルパーを躱し、下方から鋭い視線をオサリバンに向ける。

　祐人は完全にオサリバンの動きを見切りだしていた。

　祐人からの凄まじい殺気に魔人オサリバンにゾクッと悪寒が走る。

（こ、こいつ、このスピードに対応しただと!?）

「ハアー！　仙氣刀斬！」

　祐人は迷いなくオサリバンの首を狙い倚白で右斜め下方から斬撃を放った。

「ヌウ！」

　オサリバンは明らかに狼狽の表情を覗かせ、なりふり構わずに体を仰け反らせてハルパーを引き寄せて首を防御する。

　しかし間に合わずに倚白がオサリバンの右腕を斬り飛ばしオサリバンの首を掠めた。

両腕を失い、オサリバンは緊急離脱を選び、後方に跳ぶ。

「逃さないわ！　はあ、岩槍！」

何本もの岩の槍が地面から突き出しオサリバンの体勢が崩れる。

「糞どもがぁぁ！」

（好機！）

祐人の目が光り必殺の一撃を加えるために踏み込む瞬間、オサリバンを守るように多数のデーモンが殺到してきた。

「祐人さん、ディバイン・スペース！」

マリオンが祐人を援護し、殺到してきたデーモンが神聖属性法術で霧散する。

祐人は援護が来ると分かっていたかのようにデーモンに構わずにオサリバンへ追撃を強行した。

「逃さない。これで殺る！」

祐人が前のめりになる瞬間マリオンが叫んだ。

「ハッ！　あぶない、祐人さん！」

高速で飛来する禍々しい鉄槍に気づき、マリオンは防御法術を展開しようと試みるが間に合わない。

「ムッ⁉」

マリオンの警告を受けると祐人は体を捻り、明らかに自分を狙い定めた鉄槍を弾く。

「どこからの攻撃だ⁉」

しかし、この隙を見逃さなかったオサリバンは離脱し、再び殺到してきたデーモンや魔獣の群れの中に姿を消してしまった。

すると入れ替わりで魔物の群れの奥に疾走する馬に乗った騎士が姿を現した。

ある程度の距離で馬を止め、こちらを見定めるように見つめるとニンマリとする。

「ハーハッハー！　良いのを見つけた！　あいつのを俺の新しい頭としようか！」

「あれは、まさか新手……いや、人間じゃない！　契約人外か⁉　しかもこの魔力圧は尋常じゃない。瑞穂さん、マリオンさん、僕の後方から支援して！」

「もう！　次から次へと人の家で化け物ばかり」

「祐人さん、あいつは相当な人外です。〝名持ち〟かもしれません」

「分かってる！」

祐人は着地すると仙氣を練り直して新手の人外に備えた。

そして同時に視線だけで周囲全体を見渡し、出来る限りの状況を把握する。

（ジュリアンはアルフレッドさんが抑えてくれている。明良さんたちも今は何とか凌いでいるけど……)

たった今、さらなる理不尽な数の魔物たちと強力な人外が投入されてきた。

(敵の契約者はなんて奴なんだ！　これだけの人外と契約なんてできるものなのか⁉)

今は何とか抑えているが、このままでは乱戦になってしまう。

乱戦になれば非常に苦しい。

こちらも対抗できる人材はいる。しかしどう組み立てても手数が足らない。

戦場で勝利を得るためには圧倒的な個の力も重要だがやはり数も重要だ。

(僕とアルフレッドさんは近接戦闘型の能力者。指揮官らしい指揮官のいない敵の場合、僕たちでは戦場で広範囲に影響を与えられない。契約者本人を狙う？　でもドベルクという奴が戻ってきたら戦況が傾いてしまう)

祐人は次の行動に迷う。

さっきオサリバンを仕留められなかったのが痛い。

敵の核はジュリアン、オサリバン、ドベルク、そして魔力系契約者だ。

このまま手傷を負っているはずのオサリバンを再度探しだして撃破するか、アルフレッドが吹き飛ばしたドベルクに仕掛けるか。

だが今、凄まじいプレッシャーを放つ人外の騎士は明らかにこちらに狙いを定めており、それを許してくれるか分からない。

（敵契約者が猛威を振るいだしている。今まで誰かが抑えてくれていたんだろうけど、敗退したか撤退したか）

祐人は襲い掛かってきたハーピー二体を撃破すると眉間に皺を寄せる。

このような時だが祐人には敵契約者に思うところがあった。

（そいつは契約人外……いや、仲間を平気で死地に送り込んでいる。契約してくれた人外に何の配慮もないのか）

祐人には嬌子たちの顔が浮かんだ。

意図したわけではないが、それでも契約したその時から親近感と愛情が湧いたことを覚えている。

まるで家族が増えたような不思議な感覚だった。

それを知っている祐人にとって敵契約者が契約人外たちを捨て駒のように扱うことが理解できない。とても恐ろしいことをしている人物だと思う。

祐人は頼りになる仲間たちを思い浮かべながら眉間に力を入れる。

（今、僕は考えている。嬌子さんたちを危険にさらすことを考えている。僕のやろうとしていることは敵の契約者と同じかもしれない。でも……）

ここには失いたくない仲間や知人たちがいる。

そして堂杜としてこいつらにどうしても聞きたいことがあるのだ。

（魔界との繋がりを調べなくてはならない）

だが、嬌子たちに助力を頼むにしてもタイミングが重要だ。タイミングを見間違えれば嬌子たちの援軍効果もひいては嬌子たちの身も危なくなる。

（敵の残りの戦術や持ち札が分かれば……）

それだけではなく四天寺がまだ打てる一手があるのかも重要だ。

戦いはまさに〝算多きは勝ち、算少なきは勝たず〟なのだ。

（こちらは剣聖アルフレッドさんが出た。四天寺は総力戦になっている。でもまだ、あの人が出ていない。それなら……）

祐人がそう考えた時だった。

祐人はハッとしたように大祭参加者にあてがわれた屋敷の方向に顔を向ける。

（向こうに……とんでもない人外がいる！　この魔力圧は普通じゃない）

さらにもう一体の超級な人外、ワイバーンの存在に気づき祐人は愕然とした。

状況が刻一刻と悪化していることを理解させられる。

（こ、このままじゃ犠牲が増えていく。特に重鎮席前の明良さんたちが危ない！）

深刻な表情で頭を高速回転させる。

敵に味方に戦況の優位性が何度も変化した。そして今も変化し続けている。

（ああ、この感覚は）

祐人はある予感を覚え、急激に冷静になった。

それはこの混迷を極めた乱戦状態の戦場が分岐点を迎えたという予感だ。

魔界に滞在していた時、多くの時間戦場に身を置いていた祐人はこういう戦いの流れの転換のタイミングが何度もあることを経験していた。

戦場が最も大きい動きをみせたとき、その後の対応が自分たちの命運を左右する。

つまり、ここからの戦いが正念場であり最終段階に入る可能性があるのだ。

「瑞穂さん、風を送って指令室に状況を聞いて！　敵の想定最大戦力を分析しているはずだ。それ次第で僕たちの行動も変わる」

「分かったわ」

「マリオンさん、ここからの戦いは手数がものを言う。マリオンさんの支援は戦場に大きな影響を与えるから狙われる可能性が高い。身の危険を感じたら最優先で退避すること。でも、うまくやり過ごしたらすぐに再度、参戦して！」

「はい！　分かりました」

◆

部隊を再編制し参戦してきた四天寺家の精霊使いたちは魔物大群に勇戦していた。

数分前、前線指揮官である明良が若干の戦力不足を感じだすと四天寺の知将、神前孝明が最後まで温存していた大峰、神前チームをすべて投入してきた。

その増援チームが来るタイミングは絶妙で明良たちの鶴翼の陣は厚みを増した。

（さすがは孝明さんだ！　しかし、余剰戦力をすべて投入してきたということは……）

これは孝明が今を正念場と考えた証拠ともいえる。

「いいか、こちらに近寄らせるな！　いくら数が多くとも魔物どもを顕現させているのは召喚士ではない！　契約者の召喚する人外ならば討てば討つほど数が減るはずだ！」

明良が怒号をあげ、敵の撃破を急がせる。

召喚士ではなく契約者によって呼び出された人外たちの特徴は個々が自由に意思決定してくる。

これはうまくまとまれば手強いがそうでなければ烏合の衆とも言え、現在のところはバラバラに攻撃を仕掛けてくることから明良たちもしのいでいけた。

（現状、こちらには【万の契約者】マリノスにも【鍛冶師】ドベルクにも向かわせる戦力はない。今はとにかく契約者の召喚した魔物たちの数を減らしておきたい）

この時、明良たちの左右から五匹ずつのハーピーが上空から迫ってきた。

同時に正面からはデーモン、ウェンディゴが突進してくる。

「明良さん！　敵がまとまってきます！」

「慌てるな！　それぞれに一番近いチームが迎撃！」

（……何だ？　魔物どもの動きが変わった。明らかに組織だってきている）

まだなんとか対応できているが四天寺の精霊使いたちもこの変化に気づきだす。

この時、最前線にいる大峰巴のチームから報告が入る。

「明良、あそこに新たな能力者……いや、あれは⁉　人外だ！　こ、この魔力圧は」

「あのマントを羽織った奴が他の契約人外の指揮をしているみたいです。いや、それだけじゃない、他の魔物たちの力を増加させているようだ！」

明良も凄まじい魔力圧を受けて顔色を変えた。

先ほど祐人が感じ取った規格外の神獣ワイバーンである。

前に出てくる気配はないが前線に参戦してくればこちらも相応の戦力を割かなければならない。

今の状況でそれは非常に厳しい。現状をしのいでいるとはいえ手一杯なのだ。

マリオンのおかげで対魔族への攻撃力、防御力が増しているが、魔物たちを指揮するワイバーンのせいで敵の力も増している。

（守りつつ敵の数が減ったところで攻勢に出たかったが、何という手駒を持っているんだ）

そう明良が奥歯を噛み締めた。

奇しくも祐人、明良が同じ心境となった時、司令部の孝明から風が届く。

内容は戦況と情報伝達だ。

〝機関のデータ提供のやりとりで時間がかかってすまない。過去の資料によるとマリノスの契約人外で注意すべきは二体。一体はワイバーン、もう一体はデュラハンだ。両方とも前大戦で多くの能力者の犠牲をだした伝説級の人外だ〟

明良は知識だけで知っている強力な人外の名に驚き、気を引き締める。泣き言を言っている状況ではない。

〝だが、これで敵のほぼすべての戦力が揃ったともいえる。敵は出せる戦力は出し切った可能性は高い。こちらも次の手を打つ予定だ。だが油断はするな〟

これが同時に祐人にも伝えられる。

それは今、祐人の最も欲しい情報だった。

これでこちらも手札を切ることができる。

（本当は嫌だ。でも僕だけじゃ守り切れない。それに何としても知りたいこともある。だから！）

この時、マリノスの契約人外デュラハンが祐人の前まで迫ってきた。

「おい！　あんたには恨みはないが、その首をくれねーかな。あんたの戦いぶりに俺はしびれた。是非ともあんたの頭が欲しくなった。それに何よりも若いってのがいいな。俺は若い顔が欲しかったんだ」

このデュラハンの問いかけに応えず祐人はフッと笑った。

そして瑞穂、マリオンに向かい大声を張り上げた。

「瑞穂さん！　今から仲間を呼ぶ！　このことを指令室と明良さんたちに伝えて！　仲間だから攻撃しないようにって！　マリオンさんは明良さんたちの後方に移動して全体を援護！」

「え……仲間？　仲間って、まさか祐人」

「え!?　祐人さん、それって」

瑞穂とマリオンが驚く。

「おいおい！　無視すんなよ」

デュラハンがあからさまに無視をされ、黒塗りの長槍を祐人に突き出す。

祐人は横に反回転してこれを躱すとそのまま上体を起こした。

「瑞穂さん、急いで！　マリオンさん、僕たちは大丈夫！　これからの戦いは全体のバランスが重要になる！　それには明良さんとマリオンさんが近くにいた方がいいんだ！」

祐人の指示に瑞穂とマリオンは分かったとそれぞれに行動に移す。

祐人は大きく後方に跳び、呟くように問いかけた。

「嬌子さん、来てくれる？」

「はいはーい、祐人！　やっと呼んでくれたのね、もう寂しかったわ～。って、うーん？　なんだか周りがうるさいわねぇ」

「ムー！　ムー！」

忽然と現れた嬌子は祐人に飛びつくように抱きつき、祐人を胸に埋めながら周囲を見回した。

「こらー！　何をやってるの、祐人！　真面目にやりなさい！」

これを見ていた瑞穂が怒鳴ると、マリオンも頬を膨らませる。

「祐人さん！　戦い中です！」

祐人は二人の声を聞き、慌てて嬌子を引き剥がした。

# 第3章　神獣大召喚

「なーに？　この品のない連中は。ははーん、こいつらを何とかしてほしいのね、祐人」

「嬌子さん、ちょっと力を貸してほしくて。この魔物たちを何とかできないかな」

祐人は嬌子のあつい抱擁から逃れると状況を説明した。

「お安い御用よ！　じゃあ、私が祐人を守ってあげる！」

「待って待って、嬌子さん。こいつらはミレマーのときの奴らより格上の魔物ばかりだ。嬌子さんは信用してるけど心配なんだ。こんな場所に呼んでおいて、何を言っているのかって思うかもしれないけど……だから」

これを聞いた嬌子は目を丸くし、その後、上気した顔で何とも色っぽい笑みをこぼす。

この時、数匹のデーモンが嬌子の背後から襲いかかるが、笑顔の嬌子が後ろ髪を払うとデーモンたちが青い炎に包まれ塵と化した。

デュラハンは嬌子が現れた途端に体が固まったようにワナワナと震え、動けないでいる。

嬌子は祐人の傷だらけの両頬を包むように手を添え、額がつくほど顔を近づけた。

祐人は嬌子の顔を至近で見ることになりドキッとしてしまう。

「ふふふ、だから何？　私の祐人はどうしたいの？　どう考えたの？　一から言ってみて」

「僕は嬌子さんたちを戦わせるために友達になったわけじゃない。だから本心を言うとこんな場所に呼ぶのは嫌なんだ」

辛そうな表情の祐人を嬌子は莞爾として笑い見つめる。

「でも！　守りたい人たちがいる。それとどうしても調べたいことがあるんだ。それをするのに僕だけじゃ難しい。だからみんなの力を貸してほしい！」

「それで？」

「戦闘可能な仲間を全員呼んでほしい。戦力の適宜投入は駄目だ。少数で挑むより、みんなで一斉に叩けばそれだけこちらのみんなのリスクが減る。矛盾しているのは分かってる。もちろん、危なくなったら迷わず撤退して欲し……むぐ」

「祐人……」

話の途中で嬌子は人差し指をそっと祐人の唇に乗せた。

「分かったわ。でも祐人は分かってないわ。それと祐人は大事なことを言っていない」

「大事なこと？」

「そう！　ほら、アレよ、アレ！　これで私たちが活躍したあとの！」

婿子の言葉に祐人はハッとしたような顔をする。

「もしかして、ご褒美？」

婿子は大きく頷くと祐人のおでこに唇を寄せた。

「⁉」

祐人が驚きおでこに手を当てると婿子は両手を広げて恍惚の表情をする。

婿子の姿があでやかでゆったりとした着物姿に変わり、その手には婿子の体ほど大きな扇子を手にしていた。

「ああ！　伝わってくるわ。祐人が私たちのことを本当に大事にしてくれているのが！　さあ、言って、祐人！　自分を助けろって！　それでこう言うの。〝上手くいったらご褒美あげる！〟って。私たちは祐人の役に立てるのが一番、嬉しいんだから！」

祐人は心を奪われたように婿子の神々しい姿を見つめる。

そして目に力を込めて「分かった」と大きく頷く。

「みんな聞いて！　戦える人は来て！　僕を助けてほしい！　これが終わったらご褒美をあげる！」

祐人が戦場全体に響かんばかりの大声で言い放った。

この時——戦場全体が静寂に包まれたような感覚を覚えた。

すると突如、祐人の周囲の空間が歪む。

いくつもの特異点がこの場に集まり、それぞれの特異点からまばゆい光が漏れ出す。

その数は三十近くに及び、光を浴びたデーモンや魔獣がそれだけで数体は消滅した。

今まで全く動けなかったデュラハンが馬首を翻し、その場から離脱する。

「冗談じゃない、冗談じゃないぞ！　おい、ワイバーン！　マリノスに伝えろ！　やるなら全軍出せ！　勝つためじゃないぞ！　マリノスを守るためだ！」

〝どうした？　む⁉　何だ、この力の集合は⁉〟

「俺たちクラスがうじゃうじゃ来るぞ！　あんな狭い範囲であれだけの連中を呼び出しやがって。空間がひずんでやがる。俺はマリノスの護衛に戻る！」

デュラハンはそう言いながら魔物たちの間を疾走した。

「孝明さん、これは⁉」

四天寺の司令部は異変に気づくと騒然となり、次の一手が整ったばかりだったが司令官である孝明自身が唖然としてしまっている。

「な、何が起きているんだ……まさか敵の契約人外はこれだけではなかったのか⁉」

「孝明さん、瑞穂様から風が来ました！　報告します。〝これから祐人が仲間を呼ぶから攻撃しないように。協力して敵に当たれ〟とのことです」

「……は？　い、今、何と言った⁉　婿殿の仲間？　仲間を呼ぶ？　まさか婿殿は契約者とでも」

「はい、そう言ってます！　あ、また瑞穂様から風が来ました！」

「なんと言っている！」

「はい！　えー、〝祐人のことで驚くのは無駄だからやめなさい。時間の無駄だ〟とのことです」

一瞬、司令部全体を静寂が包む。

すると司令部のドアが開き、倒れた茉莉を別室に寝かしつけた一悟、静香、ニイナが帰ってきた。

ここに帰ってきたのは孝明が安全のためにそう指示したこともあるが、一悟たちも祐人たちをこの場に残して避難するのが嫌だったというところがある。

「ああ！　あれ嬌子さんじゃん」

「あ、本当だ！　白ちゃんたちも来てるねぇ。ていうか、なんか大勢いない？」

「雰囲気が以前と違いますね。服装が変わっています」

司令部のモニターを見てそれぞれが言うのを聞いて、孝明は三人に振り向いた。

「君たちはこの者たちを知っているのかね?」

「え?　ええ、まあ……というか思い知らされたというか」

「そうだね……」

「はい、思い出したくないです」

突然、テンションが極度に下がった三人の少年、少女の姿に孝明も首を傾げるがハッとしたように前を向く。

瑞穂の言う通り驚くのはあとだ。

あれが我々の仲間というのなら、これほどのチャンスは今をおいて他にない。

「応援組のダグラス・ガンズ殿に連絡を入れろ!　攻勢にでる、と。それと朱音様は」

朱音の動向を聞いたのはこれこそが次の四天寺の一手であり切り札であるからだ。

「すでに準備が整い、今から〝舞う〟と仰っています」

「おお、そうか、流石は朱音様。こちらからどうこう言う必要はないな。朱音様にはこちらに構わずお好きなように、とお伝えしろ」

「はい!」

四天寺の風精霊術を得意とした面々で構成されている司令部は通信機器に頼らない独自

の通信網を持っている。

　これは相手の意図も汲み取るため誤解が少なく、情報の抜き取りの危険性も少ない。

「あ、ちょっと待ってください。朱音様からです。……なんと！」

「どうした？　朱音様はなんと言ってきた」

「そ、そのまま報告します！　朱音様から〝毅成様が起きて暇そうにしてるから表に出すわね〟とのことです！」

「な……⁉」

　またしても司令部を静寂が支配する。

　一悟たちは司令部内の雰囲気がガラッと変わったことの意味が分からず、互いに顔を見合わせた。

　すると、孝明から堪えるような笑いが漏れた。同時に司令部にいるすべての四天寺に連なる者たちが笑顔になる。

「ふう、分かった。それにしても情報量が多いな。だがすべてが良い情報だ。もれなく伝えろ」

「はい！」

「では全チームに伝達！」

孝明が珍しく紅潮した表情で言い放つ。

「毅成様が出る！」

心なしか指令室の中に緊張と共に安心感のような空気が流れた。

「分かっているとは思うが……」

孝明はモニターに顔を向けて、緩んでいた表情を引き締めた。

「巻き込まれるなよ」

そう言うと孝明は再び、笑みをこぼした。

◆

「チイ！　この……」

ジュリアンは剣聖アルフレッドの斬撃を避けて距離をとる。マリノスの呼び出した魔物や魔族が次々と現れ、二人の周囲に隙間がないほど集まりだしている。

だが、アルフレッドはそれを意に介さず愛剣エクスカリバーを確認するように見つめた。

「中々やるね。だがそうでなくては困る。今の自分の立ち位置を知っておきたいのでね」

「貴様……何を言っている」

「こちらの話だ。まあ、もうちょっと付き合ってくれると嬉しい」

　アルフレッドの姿が消えた。いや、ジュリアンが知覚できないのだ。

　魔人であるジュリアンでさえ、目の前にいたアルフレッドの姿を見失った。

（なに⁉　こいつさっきよりも！）

　突如、ジュリアンの右側面から青白く光る聖剣が迫る。

「ぐう！」

　ダンシングソードにジュリアンが妖霊力を込めて迎撃する。

　ジュリアンは歯を食いしばり体にまで響く斬撃の衝撃に耐える。

　この激突の際の刃風で周囲にいたデーモンたちが全方位に吹き飛ばされた。

「こんなものか。まだ、かつてのようにはいかぬか」

　アルフレッドは僅かに顔を曇らせ淡々と呟く。

（なんだ、こいつは⁉　どんどん強くなるようだ。まるでこの俺でリハビリでもしているかのように！）

　そうなのだ。今、戦っている【剣聖】アルフレッドからはジュリアンにとって底なし沼で抗うような、忌々しく不愉快な戦いを強いられている印象を受けてしまうのだ。

（俺は魔人だぞ！　ありえない！　魔人化した俺で何かを試すなど！）

ジュリアンの中に徐々に怒りと屈辱が湧きあがる。

(もういい……やるぞ！)

殺気に支配されたジュリアンの瞳がアルフレッドの顔に向かった。

――その時だった。

「な！」

「これは⁉」

この戦場の一角から凄まじい力が……爆ぜた。

ジュリアンとアルフレッドは互いに剣を打ち合いながらも突然、襲ってきた霊力と魔力の爆風に驚愕し空間にすら干渉する力に目を向ける。

二人の戦闘脳が一旦停止してしまう。

なぜなら四天寺重鎮席前の広大な敷地を覆わんとする魔物たちの、なんと四分の一が吹き飛び、一瞬にして消滅したのだ。

明良率いる四天寺の精霊使いたちも言葉を失う。

「何が起きているんですか⁉　まさか敵の新手が召喚されたのか⁉」

「いや、違います！　魔物が……敵が消滅しました！」

「明良さん、あれは瑞穂様たちのいる方向です！」

矢継ぎ早にチームから声が上がるが一人、明良はまったく違う反応を示す。

「あ、あれは祐人君の契約人外だ。間違いない、白さんや玄さんたちがいる。し、しかし、あの数は私も聞いていない。まさか、あれがすべて祐人君の……」

祐人を知る明良でさえ現状の把握に手間取る。

これは仕方のないことでもあっただろう。

もし仮に、だ。

あそこで凄まじい霊圧と魔力圧を発揮している人外たちすべてが祐人の契約人外とすれば、世界にある有数の契約人外を使役する家系とたった一人で渡り合えるといっても過言ではないのだ。

そこに明良の下に瑞穂から通信風が届く。

すると、明良は笑いを堪えるように肩を揺らし次第にそれは大きな笑い声になった。

（祐人君、君という人は一体どこまで）

この様子に周囲の四天寺家従者たちがそれぞれに呆気にとられると明良が張りのある声で全員の疑問に答えた。

「安心しろ！　あれは祐人君……婿殿の契約人外たちだ！」

「……は？」

「え⁉　ちょっと意味が分からないんですが！」

「本当ですか⁉　このプレッシャーはとんでもない霊格の」

「婿殿は契約者でもあるんですか⁉　あのレベルの人外なんて会ったことないですよ！」

「何体いるんですか！」

　当然ともいうべき同僚たちからの反応だったが明良は笑顔で答える。

「本当だ！　いいか、あれはすべて仲間だから攻撃しないように。それと覚えておいたほうがいいぞ！　婿殿と共に戦うということはこういうことだ！」

　後日、この明良の言葉ほど心強いと思ったことはないと複数の四天寺従者たちの語り草となった。

◆

「ちょっと！　婿子たちは遠慮しろよ！」

「そうだ、そうだ！　今回はアタシたちに譲るべきだ。アタシたちだって祐人っちの役に立ちたいのにその機会をもらえなかったんだぞ！」

「祐人っちっていうな、様をつけなさい、様を」

「いや、普通は殿だろ！　もしくは、若様！　若いから！」

「何を言うか！　我らのドンだぞ！　若くてもオヤジとかお頭とかだろ」

「いいや、王とか陛下がいいね！」

祐人と瑞穂は一気に見晴らしのよくなった周囲と三十人近くの男女が騒がしく言い合う状況に呆然としている。

（す、凄すぎる。いや、呼んでおいてなんだけど）

この時、数十の蝙蝠の翼を生やしたデーモンが四方から祐人たちへ特攻を仕掛けてきた。

普通に考えれば対応に苦慮する包囲された攻撃であり危機と呼ぶには十分な数の暴力だ。

「ちょっと騒がしいですー。私たちの準備が整うまで待つのですよー」

緊迫感のない、言い換えると間の抜けたような声色が聞こえたかと思うと、忽然と現れたサリーが二対四枚の純白の翼を広げ、自身の体を上回る大きさの鎌を出現させた。

「えい！」

サリーが飛び上がりデスサイスを頭上で小枝のように回転させるとデーモンたちは断末魔の声を上げる時間も与えられずに塵と化した。

猛スピードで主の下へ馬を走らせているデュラハンがチラッと背後に視線を送る。

「あれは……天使!?　はぐれ天使か！　しかしこの感覚は高位天使特有の……あはは、まったくとんでもない場所に呼んだな、マリノスめ。あれとやり合う気となるとマリノスも俺たちも覚悟が必要だな」

デュラハンは前を向き、ニッと笑う。

「マリノスに匹敵する契約者は久方ぶりに見るぞ。マリノスの調子を考えると今日、やり合う感じじゃないな。俺たちの仲間が勢ぞろいできる時じゃないとな。それにしても面白い奴がいたもんだ。いや、笑い事じゃないな、俺も主人を全力で守らないと騎士の名折れだ」

デュラハンは真剣な声色になり愛馬の手綱を握りしめた。


サリーは柔和な表情で着地すると嬉しそうに祐人にビッタリと身体を寄せて抱きつく。

「祐人さんの匂いですー。やっぱり落ち着きますー」

「わ、サリーさん」

驚く祐人に構わずサリーはさらに身を寄せるとすぐに白とスーザンがそれに倣う。

「サリーさん、ずるい！」

「……ずるい」

傲光は静かに祐人の横に跪き、玄とウガロンはご機嫌にじゃれ合っている。

すると嬌子がパンパンと手を叩きながら仲間たちに声をかけた。

「はいはい！　皆、聞いて。分かった、分かったから。呼び方は祐人が好きにしていいって言ってるから、ね、祐人」

「え、僕⁉　あ、うん、もちろん！　みんなと僕に上下関係はないから呼び方は好きに、ね」

「「「「……」」」」

祐人がそう言うと全員が黙り、一斉に祐人を見つめてくる。

祐人は一瞬、どういうことか分からずたじろぐ。

が、その直後……、

「イエーイ！　好きに呼んで良いって！」

「マジか！　キャッハー！　超嬉しい！」

「じゃあ、アタシは旦那様！」

「俺の嫁！」

「ハイネス！」

「マジェスティ！」

「いと高きお方」

「ご、ご主人様……がいいです（ボソッ）」

大はしゃぎ。

「こらぁ、あんんたち、話が進まないでしょ！　あと、旦那様と嫁は却下ぁぁ！　私でも遠慮してるのに！」

嬌子が額に血管を浮き上がらせて声を張り上げると白、スーザン、サリーが前に出てきた。

「ねえ、嬌子。ここはみんなに譲って私たちは守りに回ろうよ。みんな、初めて呼んでもらって張り切ってるし」

「そうですー、みんなの気持ちも分かりますー」

「……収拾つかない」

「ふう、そうね。みんな祐人の言いつけを守るのよ。祐人、みんなに指示を」

嬌子はため息交じりに白たちの提案を承諾すると祐人に前を譲った。

まだ驚きが醒めていない祐人だが頷くと全員に向かって話しかける。

「みんな、突然呼び出してごめん。時間がないから単刀直入に言うね。ここにいる魔物を一掃してほしいんだ。あそこにいる人たちを守るためと敵から情報を得るために」

全員、反応がない。

いや、顔は上気し、表情は恍惚として祐人を見つめている。

だがそわそわしているのだ。

（あ、そうか！）

「それと、うまくいったらご褒美をあげるから！」

「「「「よっしゃー!!」」」」

大歓声が上がり、地響きとなって周囲に霊圧が解き放たれる。

「んじゃ、私から簡単に指示をだすわよ！　すふぃちゃんと猿君、朱顛君は攻撃が得意なのをまとめて突っ込んで。オベ、ティタ夫妻は祐人の支援。シルシルはあそこの精霊使いたちの陣地をエリアに設定してもし敵が侵入してきたら好きにしていいわ！　ピンちゃんも三姉妹もシルシルを手伝ってね！」

「オッケー」

「承知！」

「かしこまりました」

それぞれがそれぞれに応答すると〝祐人の友人たち〟は一斉に散開した。

「あれ？　嬌子、私たちは？」

「まあ、私たちは状況に応じてでましょうか。あいつらが暴走しないように見張りってことで」

「なるほど、そうだね」

「はいー、ちょっと心配ですー」

「……仕方ない」

いつもは自分たちが暴走気味であることを棚に上げた人外女性陣が頷き合う。

「さあ、祐人！　あとは祐人の好きにしていいわ！　瑞穂も頑張ってちょうだい……って瑞穂？　何を惚けてるの？」

瑞穂が呆然自失でこの状況を見つめていることに嬌子たちは首を傾げる。

祐人もどうしたのか？　と瑞穂を見てしまう。

この時、瑞穂は仲間を呼ぶことは聞いていたし理解はしていた、と思っていた。

だが……、

（ええ、そうよ。祐人のことで驚くのはやめたわよ。時間の無駄だし嬌子さんたちは知ってたし。でも、でもね！）

瑞穂は突然、祐人をキッと睨む。

ビクッとする祐人。

「あんたはぁぁぁ!!　何人と契約してんのよぉぉ！　こんなの聞いてないわよぉ！」

「はわわわ！　ご、ごめん！　言う機会がなかったから！」

ものすごい剣幕の瑞穂に怯える祐人を見て、祐人の支援を言い渡された小柄な男性のオベと女性のティタはどうしたものかと悩む。

二人は互いに身長五十センチほどで中世ヨーロッパの王族のような姿をし、背中から伸びた美しい蝶の羽をはためかせる。

「あなた、これは祐人さんを支援するのがいいのかしら？」

「いや、お前。これは犬も食わない類のものだろう。支援のしようがない。やめておこう」

「ふふふ、あなたが言うと説得力があるわね……この浮気者」

「ヒッ！」

オベの羽が萎み、祐人の背中に隠れた。

「まったく……」

「まったく！」

瑞穂とティタの声がシンクロした。


数分後。

マリノスの呼び出した夥しい数の魔族と魔獣たちが為す術などなく凄まじいスピードで

駆逐されていく。

それはまさに制圧、蹂躙という言葉が相応しかった。

アルフレッドから距離をとり、この戦場の姿を目の当たりにしているジュリアンの表情が驚きに歪む。

「な、何だ……何だ、あれは何だ⁉　まさか四天寺の隠し玉か！　これほどのプレッシャーを放つ人外が一体、何体いる⁉」

ジュリアンと対峙しているアルフレッドも構えはとっているが内心は驚きを押さえている状態だった。剣聖アルフレッドとて理解の及ばない出来事なのだ。

（私も四天寺の全貌を知るわけではないがこれだけの高位の人外たちを四天寺が使役しているというのは今まで聞いたことはない……む、帰ってきたか）

荒れた戦場の中をドベルクが大剣をひっさげて猛スピードでこちらに帰ってきた。

「おい、ジュリアン！」

「ドベルク！　てめぇ、どこで寝てやがった！」

「はは！　すまねえな！　剣の応急修理で手間取った。さすがに丸腰でここには戻れんだろう。それと途中でオサリバンも拾ってきたぜ、治療もしてやった」

そう言うとドベルクはボロボロの衣服とは裏腹に呵々と笑いながら先ほど折れたはずの

魔剣ダーインスレイブを担いだ。

ドベルクの後ろにはオサリバンが血走った目で荒い息を繰り返している。

オサリバンの両腕は祐人に切り飛ばされたはずだったが、今は武骨な鉄製の大きなホチキスの針のようなもので繋げられている。

「チッ……うん？　マリノスが来たか」

この時、マリノスのいる方向からデーモン、ハーピー、四足の魔獣たちが地上、上空を埋め尽くさんばかりに突入してくるのがジュリアンに見える。

ジュリアンの知る限りマリノスがこれだけの契約人外を一気に投入してきたのは見たことがない。

ジュリアンはこの時、これはマリノスの意思表示と受け取った。

自分の連れてきたメンバーの中で最も冷静な男、マリノス。

ドベルクが戻ってきたタイミングで契約人外の一斉投入。

これは総攻撃に移れというものだとジュリアンは受け取った。

「ククク、そうだ！　べつに負けたわけじゃない。これからだ。よし、ドベルク、今からあれを試す……」

「帰んぞ、ジュリアン！」

「……!?　なんだと！」

言葉を遮られたうえのドベルクのセリフにジュリアンは咄嗟に声を張り上げる。

「馬鹿、落ち着けや。分からねーのか、ジュリアン。マリノスは俺たちの逃げる時間を稼ぐためにてめえの可愛い化け物ども全軍を投入してきたんだ。追い込まれてんのは俺たちなんだよ。何だか知らねーが、あのふざけた人外どもはどいつもこいつもクソ化け物ばかりだ」

「ぬう」

能力者でも滅多にお目にかかれない高位人外とマリノス配下の魔物たちとの戦闘が始まり、その一方的な戦況を見てジュリアンは口惜し気に拳を握りしめる。

【万の契約者】マリノス配下の優秀な魔物たちが、紙きれのように吹き飛ばされているのだ。

ところがドベルクはどこか楽しんでいるようにニヤリと笑った。

「どうやら俺たちは四天寺の底力を見誤っていたみたいだぜ。完全に戦力負けだ。ナファスがあのガキに殺られたのが痛いぜ。あーあ、もうちっと遊びたかったけどな、なあ、剣聖よ！」

するとアルフレッドは聖剣エクスカリバーの剣先をドベルクに向ける。

「そう言う割にはやる気満々のようだが……鍛冶師(かじし)」

「はっはっはー！　分かっちまうか。おら、ジュリアン行け！　あのやべぇ人外どもが押し寄せてくる前に俺も時間稼ぎしとくわ」

「何!?　どうするんだ」

「分かってねぇな。戦いは劣勢(れっせい)の方が面白いんだよ！」

ドベルクの妖霊力(ようれいりょく)が爆発(ばくはつ)する。

◆

祐人の友人たちは嬉々(きき)として移動している。

「わー、やりますか、朱顛(しゆてん)さん。ちょっと、こんな時でも飲むんですか！」

朱顛と呼ばれ一チームを任された目を見張るような美少年の侍(さむらい)が酒瓶(さかびん)を傾(かたむ)けながら晴れやかな顔を見せる。

「いやね、茨木(いばらき)君、祐人様と契約したらさ、この姿を取り戻せてさ。嬉しくて、嬉しくて飲まずにはやってられないんだよ。この感謝の気持ちをどう表そうかと思ってたのに中々、その機会がなかったからさぁ」

「まあ、あっしらの姿は契約した主人の性情に影響を受けますからね。他のみんなも喜んでましたから」

「じゃあ、やるよ！　茨木君、アメさん、ムッシュさん！」

「はーい！」

「承知いたしました」

「任せてください」

朱顛たちが魔族の群れに突入すると、どの魔族魔獣とも知れない大量の血しぶきが吹き荒れた。


すふぃ率いるもう一つの攻撃チームも大量の魔物たちに接触する。

「すふぃさん、張り切ってますね」

「当り前よ、ガンダル君、ようやく……ようやく、祐人っちに呼ばれたんだから！」

すふぃは純白の衣に黄金の装飾品を身につけ、切り揃えられた金髪とスレンダーな体に似合わぬ豊満な胸を揺らして両手をクロスさせるように薙いだ。

魔物が一斉に塵と化し、代わって辺りに清浄な空気が漂った。優男風のガンダルはこれを見ると、手にしている弦楽器を奏でる。

「美しいですねぇ。やっぱり美しいのは正義です！」

ガンダルの音色を聞いた多数の魔族たちが苦しみだし頭が吹き飛ぶ。

「あとで祐人様の後ろにいた黒髪少女を私に紹介してくれないか聞いてみましょう！」

最後の攻撃隊を任された猿君が、その名前通りの動きで敵に張り付いては切り裂き、張り付いては切り裂いている。

「まあ、猿君！　キレがいいですわ！」

「キキキッ！　ナーさんだって毒の威力が増してますな！　サイ子さんも相変わらずの怪力ですぞ！」

ナーさんと呼ばれた女性口調の青年は爪を五方向に伸ばしてデーモンを貫く。

丁寧で厚めの化粧を施し、しなやかな体にロングスカートを身につけている。

そのすぐ横ではサイ子と呼ばれた女性が大きな槌を魔獣に叩きつけると地面ごと粉砕した。

革ジャン、ジーパン姿に片目を黒の眼帯で覆った長身のサイ子は槌を肩にかけると悩まし気な顔を見せる。

「ご主人は怪力だけが取り柄の私なんて気に入ってくれるだろうか。今まで呼び名に興味もなく、名前もサイ子なんて変な名前で固定してしまって……クッ、こんなことなら、もっと外見に気をつかって……」

「大丈夫よ～、サイ子。サイ子だって十分、可愛いわよ。祐人ちゃんはきっとあなたを可愛がってくれるわぁ。今度、私がコーディネートしてあげるから。名前だって祐人ちゃんにあらためてつけてもらったらいいじゃない」

「べ、別に私は！　可愛がって欲しいわけでは！　可愛がって……可愛がって？」

サイ子の槌の威力が数倍増した。


祐人たちはひしめくように現れる魔物たちを倒しながらジュリアンたちのいる方向に猛スピードで移動している。

「瑞穂さん！　僕はもう大丈夫だ。明良さんとマリオンさんのところへ！」

「え!?　祐人はどうする気なの？」

祐人はジュリアンたちから聞き出したいことがある。

それは魔界との繋がりだ。

だが、その内容はできれば誰にも聞かれたくはない。それがたとえ瑞穂でも同様だ。

祐人が聞きだそうとしているのは堂杜家としての秘匿事項にあたるのだ。

「瑞穂さんは早く行って！　こちらが優勢でも明良さんたちは戦い続けている。スタミナが心配だ！　敵を完全にやりこめるまでは油断できない」

瑞穂は一瞬、怪訝そうな表情を見せたがたしかに祐人の言うことにも一理ある。

実際、負傷したまま戦っている者たちも大勢いるのだ。

「分かったわ」

瑞穂はそう言い、祐人から離れる。

この時、一瞬だけ見せた祐人の鬼気迫る表情に祐人が抱える重大な何かを瑞穂は感じた。

(この圧倒的に不利な状況だ。急がないとあいつらは絶対に退却を選択する！　逃げる前に捕まえなければ！　間に合え！)

祐人は迫りくる魔族、魔物を切り捨てた。

◆

ジュリアンとオサリバンはドベルクを置いてマリノスのいる林へ走り出した。

背後からドベルクとアルフレッドが激突したと思われる衝撃波が過ぎ去っていく。

視線を右奥へ移せば圧倒的な攻撃力で魔物どもを駆逐していく多数の人外たちがジュリ

アンの向かう方向と同方向に進撃している。

（なんて奴らだ。マリノスの契約魔たちをいとも簡単に……ふざけるな！　すべてが神獣クラスとでもいうのか！）

それに加え、重鎮席の前で守備陣を敷いていた明良たちにマリオンと瑞穂が合流したことで防御力、攻撃力ともに増し魔物たちを撃退し始め、守るだけではなく攻勢に出ようという構えを見せている。

このままではドベルクは囲まれてしまうだろう。

ジュリアンもここにきて、さすがに四天寺襲撃の失敗を認めざるを得ない。

「あいつは何をやってやがる。まだ引きこもりの坊ちゃんにご執心か？　おい！　何をしてやがる、戻ってこい！」

ジュリアンはまるで誰かに呼び掛けるように独り言を吐くがその直後、自分たちに向かい猛スピードで接近してくる人物に気づいた。

「ハッ、お前は⁉　グハッ！」

ジュリアンは祐人の凄まじい剣圧に吹き飛ばされる。

ダンシングソードが迎撃していなければ深刻なダメージを負うところであっただろう。

後ろにいたオサリバンも流れるような動きの祐人の蹴りを胸に見舞われ、両手がまだ動かないために受け身が取れず転がりながらはじけ飛んだ。

「クソがぁぁ」

「悪いけど逃さないよ。あんたらには聞きたいことがあるんだ」

這いつくばることを余儀なくされたジュリアンとオサリバンは怒りと屈辱で目を血走らせながら自分たちに近づいてくる祐人を睨む。

祐人は無表情だが今までにない闘気と殺気を纏っており、その有無をも言わせぬ雰囲気にジュリアンに悪寒が走った。

「て、てめえの……てめえのせいで」

「ジュリアン、あんたらは何を企んでいる。ただ四天寺を襲うのが本当の目的ではないんだろう？　それにしては遊びすぎだ。あんたらはその魔人化の力を試しにきたってところか。有数の戦力を持つ四天寺家に通用するかを確認しに」

この時、立ち上がろうとしたジュリアンはピクッと反応する。

「何を企んでいるかはもういい。スルトの剣、カリオストロ伯爵と仲間ということは目的は機関を貶めて自分たちが世界に対して影響力を持ちたい、というところだろうからね。そんなことよりもだ。もしくは施されたか、僕が聞きたいのはその魔人化の術を誰から教えてもらったかってことだ。もしくは施されたか、か？」

ジュリアンは眉を顰め、祐人の質問の真意を探っているようだった。

「何なんだ。何が言いたい」

「聞き方を変えようか。あんたらは異界と通じているんだろう」

ジュリアンは大きく目を見開き、祐人を見返した。

「!?」

「やはり、ね」

答えを聞かずとも祐人はジュリアンのリアクションで理解したように言った。

「じゃあ異界の誰と通じている。いや……なんという魔神だ。どうやってコンタクトをとっている？　答えろ」

「て、てめえは一体……」

ジュリアンの顔が強張る。

目の前にいる少年が聞いてくる内容は自分たちが組織した能力者集団において第一級の極秘事項なのだ。それにもかかわらず、すでにそれに感づき、さらにはその核心に迫ろうとするような質問だ。

（こいつは何者なんだ？　実力もそうだ。無名のぽっと出の能力者のものじゃない。しかも異界のことを知っているだと？　だとすればこいつは）

自分たちの組織にとってあまりにも危険な人物だ。

今回の四天寺襲撃で祐人の卓越した戦闘力を知り、この少年を徹底的に調べることを決めていたが、今はそれだけではなく得体のしれないものを感じ取る。

「おい、聞いているのか。答えないのなら力ずくで吐かせる。それでも吐かないのであればもういい。時間がないからね、ここで倒してお前らの仲間に聞かせてもらう。異界の……お前らをそそのかした存在をね」

祐人が倚白を構える。祐人の全身から闘気と共に殺気が溢れ脅しではないことがジュリアンにも分かった。

だが逆にジュリアンにとってもこの少年を生かす理由はなくなった。

いや、今この時点から四天寺などよりも先に殺さなくてはならない敵となったのだ。

「御仁が俺たちをそそのかしただと……ふざけんじゃねぇぞ！　俺たちとしても同じだ。てめえだけはここで殺していく！」

目を血走らせた本気のジュリアンと祐人が激突する。

人の領域を超えた速度と力がぶつかり合い、辺りにいる魔物たちも二人から放出される力の余波で吹き飛ばされた。

この突然に発生した最上位能力者同士の戦闘は、すぐさま周囲にいる敵味方に驚きをもって周知された。

「ジュリアン、どうした⁉　撤退するんじゃねえのか！　あ、あいつ……溜め込んだ力の一部を使ってるだと⁉」

アルフレッドと戦闘中のドベルクはジュリアンが最終決戦のための奥の手の一つを解放したことに気づき驚愕する。

「祐人！」

「祐人さん！」

瑞穂とマリオンが驚きの声を上げてしまう。

ジュリアンと祐人の戦闘は戦場全体を巻き込まんとする衝撃波を放っているのだ。

しかも祐人が今までにないほどの荒々しい仙氣を放っている。祐人の戦い方に今までのような洗練さがない。

その戦い方はまるで目の前の敵を殺すことだけを意識した戦い方だ。

殺される前に殺す。それだけを狙ったような余裕のない戦い方なのだ。

一対一の戦いに全身全霊を傾けた、云わば相手以外には隙だらけになっても構わない、というもの。

「瑞穂さん、行きましょう。祐人さんのフォローに！」

「分かったわ！　明良、ここは任せるわ！」

瑞穂とマリオンには燕止水との戦いが脳裏をよぎったのだ。

互いが全身ボロボロになろうとも決着がつくまでは決して止まらずに牙を剥き続けたあの時の死闘を。

「行ってください、瑞穂様。ここは我々だけで何とかします！」

「頼むわ」

そう言うと瑞穂たちは祐人に向かった。

明良たちにしてみれば、この場から瑞穂とマリオンという矛と盾がいなくなるのは痛い。

ジュリアンたちの撤退のためにマリノスがこの重鎮席にもっとも多くの魔物を傾けているのだ。

だがそれでもそう返事したのは明良も瑞穂たちと同じことを感じていたのかもしれない。

「大丈夫でございます。ここは私たちが加勢いたしますので。皆様は自分の仕事に集中してください」

「え!?」

突然、背後から若い女性に声をかけられ明良は驚き振り返る。

そこには英国スタイルの使用人の姿をした女性が立っており、その後ろには幼く可愛らしい男の子と若い三人の女性が立っていた。

「ご挨拶は後ほど致します。私たちはご主人様……祐人様の命で来ました。ご安心ください」

使用人姿の女性は表情を変えないまま明良たちの鶴翼陣形の横から迫ってきた魔獣にフォークを放つと魔獣たちは塵と化す。

「ふえーん。シルシル……怖い」

「ピンちゃん、大丈夫よ。シルシルはほら、自分の仕事場を邪魔されるのが、死ぬほど嫌いだから」

「よしよし」

「仕事場を守らせたら誰よりも完璧にこなすもんねぇ」

明良は一瞬、呆然とするが、すぐに状況を理解する。

「助かります！　みんな婿殿のお仲間が来てくれたぞ！　怪我した者を後ろに下げろ、霊力切れを起こしてきた者も一緒に行け！」

明良には何となく分かるのだ。

この人たちは祐人の契約した人外である。

間違いなく常識外れの存在なのだろうと。

ジュリアンは高速で移動しながらダンシングソードの刃に圧縮した妖霊力の塊を十数発作成した。

その一つでも自分を殺傷するに十分な威力を持っていることが祐人には分かる。

（速い、速くなった。それに強い。やはりジュリアンは剣士ではないな。このスタイルが本来のスタイルか。一度も手合わせをしていなかったら押し切られていたかもしれない）

ジュリアンは今までと違い、剣での戦いを仕掛けてはこない。

祐人とある程度の距離を保ち、剣を振るうと妖霊力のエネルギーボールが祐人を襲う。

ある程度の誘導性があるらしく祐人を追いつめるが着弾する直前に祐人が移動方向を鋭角に変えボールを倚白で誘い、背後に促す。

次々に祐人が半瞬前にいた場所で凄まじい爆発が起き、周囲に爆風をまき散らす。

祐人はジュリアンに肉迫し、倚白を突き立てるとジュリアンは霊力障壁だけを残し、高速で後方に移動した。

祐人はハッとしたように障壁の手前で急反転してジュリアンの攻撃に備える。

（クッ、この障壁はトラップも付加されてるな。触れれば発動するように組まれている。この能力……おそらくジュリアンは霊術師の亜種だろう）

霊術師とは魔術師（まじゅつし）の霊力系能力者の呼称（こしょう）だ。

だがジュリアンの動きは霊術師の範疇（はんちゅう）を超えている。

高威力の中距離攻撃（ちゅうきょりこうげき）を放ちつつ高速移動と祐人の攻撃を受けきる驚異的（きょういてき）な身体能力は意外性はないがここまで錬磨（れんま）すれば隙がない。

さらに敵に近づかれたときには強力な霊力障壁を展開し無理に突破（とっぱ）しようとすればこちらがダメージを受けるようになっている。

ジュリアンは祐人が自分を攻（せ）めあぐねている、と理解し、ニヤリと笑う。

「どうした、堂杜祐人！　てめえが仕掛けてきたんだろ！　まさかここで逃げるってことはないよな！　まあ、逃がさねぇがな。お前はここで殺す。生かしておくわけにはいかねえ奴だ！」

そう言うとジュリアンはさらに多くの妖霊力の塊を作り出す。

祐人はジュリアンの攻撃をただ睨みつける。

「次は躱（かわ）せるか！　はあ、死ねぇ！」

ジュリアンが多数のエネルギーボールを放った。

すると祐人は大地を蹴り、なんとジュリアンに真（ま）っ直（す）ぐ突っ込んできた。

「馬鹿が。この期に及（およ）んで自暴自棄（じぼうじき）か！」

ジュリアンは意表を突かれるが祐人の無謀ともいえる行動を嘲笑する。

（こういう馬鹿を数えきれねーほど見てきたが、まさかお前がそうくるとはな。攻めあぐねてジリ貧になるならと、もっとも馬鹿な選択肢をとった雑魚どもと一緒とは）

そう考えたジュリアンは今、祐人に多数のエネルギーボールが着弾する直前の祐人と目が合った。

祐人の目を見たジュリアンに寒気が走る。

無意識下に久方ぶりの恐怖が己自身を包んでいく感覚を覚えたのだ。

祐人の姿は集まってきたエネルギーボールの陰に隠れて消えた。

祐人を中心に立て続けに爆発が起こり、どう考えても無事に済むわけのない状況をジュリアンは確認する。

だがジュリアンは咄嗟に多数の霊力障壁を展開し、その場から離脱しようと力を込めた。

その瞬間、爆風の中から闘気を放つ祐人が姿を現す。

（な⁉　だが、トラップ障壁は展開済みだ。遊んで作った障壁と思うなよ。その数の障壁に触れればてめえ死ぬぞ……う！）

祐人の移動速度は衰えないどころか、その目は真っ直ぐにジュリアンを捉えている。

その殺気を含んだ目にジュリアンは目を広げる。

（こ、こいつ……まさか、そのまま来る気か！　馬鹿な）

祐人がトラップ障壁など意に介さずに倚白を横に薙ごうとしたその時、
上空に突然、暗雲が現れた。

直後、視界を真っ白に奪う光と耳を襲う轟音が鳴り響く。

「!?」

「ぬああ！」

天から雷が、祐人とジュリアンの間に落ち、ジュリアンの障壁は跡形もなく消滅し、それだけではなくその余波で祐人とジュリアンは後方に吹き飛んだ。

至近に落ちた雷で祐人とジュリアンの目と耳は機能を停止し、体中が痺れ、起き上がることもできない。

「人の家の敷地でこれ以上、騒ぐな。休めんだろうが」

和装の男が姿を現し、倒れて動けないでいる祐人の横で立ち止まった。

――その男。

四天寺家現当主にして世界能力者機関における五人のランクＳＳの筆頭格。

二つ名は【雷光使い】、【雷公】、【雷帝】、【雷獅子】と多数、存在するが、その所以はたった一つ。

大地と大気の精霊をわが身のごとく操り、その雷は魔神をも葬った機関最強の能力者。
四天寺毅成が参戦してきた。

# 第4章　三千院水重

「う、うぐ……」

（だ、誰だ？　まったく気づかなかった。か、体が……）

祐人は戦闘中に突如、受けた雷撃の余波で身体がいうことをきかない。

この状況に極度に焦りを感じる。

わずかな時間でも戦場で動けなくなる、というのは死を意味するからだ。

すると、少しだけ機能が回復してきた耳に毅成の声が入ってくる。

「その若さでさっきのような戦い方は感心せんな、少年。自分へのダメージを度外視で倒しにいくとは後先、考えなさすぎだ」

必死に動こうとして立てない祐人を毅成は鋭い眼光で見下ろした。

（大したものだ……敵に全集中していたために止められたか。名は堂杜祐人だったな。しかしさっきのあれは敵に勝つための戦い方ではない。ただ敵の命を奪うためだけの戦い方だ。このような若者が一体、何を考え、何を背負ってあのような戦い方を）

毅成は能力者の世界はときに殺伐とすることを知っている。

この入家の大祭もそれを見越し四天寺が先手を打っているのだ。

しかし、それを加味してもこの少年の戦い方は尋常ではない。

目の前の敵を殺すためだけに自分の身を、ああも簡単に切り捨てられるだろうか。

それはまるで己自身などよりも大事なことがあると知っている、もしくはそう刷り込まれた人間がする行動だ。

朱音から聞いているのは、この大祭を荒らす者が現れたら対処してほしい、という依頼を受けてもらった、というものだ。それだけでここまで出来るものだろうか。

（この敵が自分自身に関わる重大な何かに触れたのか……もしくは）

「おい、ジュリアン！」

すると祐人と同じく吹き飛ばされたジュリアンにアルフレッドと戦っていたはずのドベルクが駆け寄り肩を貸して立ち上がらせる。雷はジュリアンにより近く落ちたのか、ジュリアンの方が祐人よりもダメージが大きそうだった。

二人は満身創痍の体でとても戦えるような状態ではない。その後ろで目を血走らせているオサリバンも両腕が不自由なままで格段に戦闘力を落としているのが分かる。

「ふん、逃しはせんよ。人の庭でここまで好き勝手に暴れたのだ。責任は取ってもらおう」

「毅成さん、申し訳ないですね。邪魔をさせました」

この時、剣聖アルフレッドがすっと姿を現し、一瞬だけ祐人に視線を移すとすぐに前を向いた。

「構わん」

毅成は視線だけアルフレッドの持つ愛剣エクスカリバーに向けるとそう答える。

(その剣の輝き……まだ、かつての力を取り戻せてはおらんか)

毅成は乏しい表情でわずかに眉を顰める。

目の前にいるドベルクたちは機関の誇るランクSSを前にして離脱のタイミングを計っているようだった。

「ハッ、やっぱり逃げるにゃ、俺が一肌脱ぐしかねーか。マリノスの可愛い契約人外もほとんどやられちまったようだしな」

ドベルクがニッと笑うと、まだ動けずに呻き声をあげているジュリアンをオサリバンに預けた。

だが、それを無視するように毅成は上空に右手を上げ、まるで天空を掴むような仕草を見せた。

「逃がさぬと言った。四天寺に仕掛けた、ということを甘く考えるな」

途端に稲光を伴う暗雲が天を覆う。

するとドベルクやジュリアン、オサリバンの周囲にバチバチと静電気が弾けるような光が多数現れた。

「こ、こいつは」

魔人化しているドベルクが目を見開き思わず頭上に顔を向ける。

ドベルクの視界に……凄まじい光量を放つ雷が押し寄せてくるのが見えた。この世から跡形もなく自分たちを分解せしめてしまうだろう神の怒りを具現化したような光。

直後、光がドベルクやジュリアンたちを包み込もうとした。

すると、ドベルクたちの周囲に突然、湧き出すように現れた霧がドベルクたちの頭上を傘のように覆いだした。

毅成は眉を上げる。

「む」

雷の轟音が鳴り響き周囲に光が溢れる。

だがその眼前では雷を防ぐ水蒸気の傘に守られた襲撃者たちがいた。

「おいおい、これは……」

死を覚悟したドベルクもこの状況が上手く理解できていないようだった。

「やっと現れて頂けましたか、四天寺毅成様。あなたが現れるのを心よりお待ちしておりました」

ドベルクたちの背後から水蒸気の霧を割るように澄んだ声が聞こえてきた。

この時、祐人は体の自由を取り戻し立ち上がった。

今、起きた状況も見ていたため警戒するように前方に目を向けた。

毅成は僅かに目に力を籠める。

「お前は……三千院の」

「はい、水重です。お久しぶりです」

その女性と見紛う色白の顔の水重が澄ました表情で現れ、毅成たちと対峙した。

毅成は水重と対峙しながらも祐人がすぐに起き上がってきたことに内心、感心していた。

（ほう、もう動けるか）

実際、ジュリアンの方が影響が大きかったとはいえ、魔人化しているジュリアンでさえまだ自由を取り戻してはいない。

毅成の雷撃は直撃しなくても重大なダメージを与えることができる。もちろん、通常の雷とは違う。毅成によって緻密に操られた精霊たちが具現化した精霊術によるもので、毅成によってコントロールされている。

（手加減はしたが……この少年は一体。雷撃に対する耐性があるのか？）

先程、ジュリアンとの戦いに介入したのは、あのままジュリアンとこの堂杜祐人という少年がぶつかり合えば、この少年もどのような深刻なダメージを負うか分からなかった、というところがあった。

この少年を救うため、という気持ちはそこまで強くはなかった。

この少年が朱音の依頼を受けて、ここで踏ん張ってくれていることを考えたまでであって、自分がここに出張った今、この少年が戦う必要もないということだけだ。

だが今、祐人は毅成の考えに興味はなかった。

さらに言えば、まだジュリアンたちに集中し、毅成のことなど微塵も意識していない。

水重の方向を見つめながら自分の体の状態を確認しているだけである。

それはなによりも水重に対する警戒心だ。

突然現れ介入してきたこの規格外の精霊使いの参戦は予想外であり、先ほど毅成の自分を巻き込んだ攻撃を考えるよりも優先順位が高いと判断した。

祐人の中で戦闘は終わっていない。

ジュリアンをここで再起不能にせねばと考えている。

そしてそれを水重が守った。

どのような理由で？　とは考えるが、魔界と繋がり何かを企む組織の幹部ジュリアンを守るということは祐人にとって悪でしかない。

戦場が千変万化するのは常識である。戦いの中、味方が敵に、敵が味方に、などはよくあることを祐人は魔界で学んでいる。

今、気にするべきは現在ここにいる人間たちが敵か、味方か、ということだけだ。

それだけが重要。

戦場の最前線はそういうものだ。

今の自分は一戦士にすぎない。全体の流れの把握は指揮官がやればいい。

その上で毅成は味方、水重を敵、と判断して相対しているのだ。

(思った以上に体は軽いな。これなら問題なく……いや、これは)

祐人が自分の予想外の体調の良さに驚いているとシャツの襟の間から顔を出す数センチの大きさになっているオベとティタと目が合った。

「君たちは……」

「オベとティタでございます。祐人さん、大丈夫ですか？　祐人さんの行動展開があまりに速くて支援が間に合いませんでした。これからは動く前に言ってくださいまし」

「祐人殿、私たちの加護を付加しましたぞ。肉体の耐久力、精神力、スタミナの回復力がグンと上がっているはずです。それと私たちの加護は対精霊術には非常に強いです。私たちは精霊たちと仲が良いので」

（すごい、それでこんなに調子がいいのか……）

「二人とも、ありがとう。ここからは離れてて。危ないから」

祐人が小声でお礼を言うとオベとティタは優雅なお辞儀を見せて消えた。

それを確認すると祐人は眼光鋭く前を向き倚白を構える。

つまり臨戦態勢をとった。

それを見てとったドベルクはジュリアンを抱えつつダーインスレイブを肩に抱える。

するとこの時……毅成と水重は涼しげな表情のまま互いの背後にいる祐人とドベルクたちを制止するように右手を挙げた。

この両精霊使いの態度に祐人とドベルクは眉を僅かに上げる。

同時にこの二人の精霊使いがお互いに向かって歩み始めた。

腕を組んだままの毅成にまるでそよ風を受けているような表情の水重。

何をしようというのか分からなかったが祐人が仙氣を高め、今にも襲いかからんという気迫を放った時、祐人の肩に武骨な手が乗った。

「待ちなさい、祐人君」

「アルフレッドさん」

（やはり私の顔と名前を知っているようだ。新人試験のときに顔を合わせているのであれば当然といえば当然だが)

この祐人の反応に瞳の奥を光らせるが、今はこの世界において最強クラスの精霊使いに顔を向ける。

「ここは毅成さんに預けようじゃないか」

「毅成さん? じゃあ、あの人が四天寺の⁉」

「ああ、あれが四天寺の当主、四天寺毅成、その人だ」

自分を制止した人物の名を聞いて初めてジュリアンたちにすべてを集中していた祐人が驚く。

考えれば、自分とジュリアンの命を取り合わんとした一撃に割って入ってきたのだ。

本気の自分と魔人化しているジュリアンとの間に、だ。

(これが……ランクSS)

祐人の顔に今更ながら戦慄が走った。

「祐人!」

後方から瑞穂とマリオンが現れ、祐人に駆け寄る。

「祐人さん、大丈夫なんですか⁉」

こちらに向かっている途中二人は毅成の雷撃で吹き飛ばされていたのを見ていたので祐人の身体を案じるように左右からのぞき込む。

だが祐人はそれに答えず、ただ前方を睨んでいる。

それを見てとると瑞穂とマリオンもすぐに臨戦態勢でそれに倣った。

「あいつは……三千院水重」

前を向いた瑞穂は目を見開き、そして複雑な表情でつぶやいた。

マリオンも戦闘中に自分に語り掛けてきた水重の姿を間近で見ると目に力がこもる。

水重は瑞穂とマリオンの登場にも何の感情の動きも示さず相も変わらず涼し気な表情で毅成だけを見つめている。

毅成と水重が互いに近づきだすと二人の間の空間がバチバチと光って弾けだす。

「あれは……？」

マリオンが見たこともない情景に言葉を漏らすと瑞穂は大きく瞼を広げた後に悔し気に歯を食いしばる。

「これは精霊たちがどちらの精霊使いに従うべきか迷っているのよ」

そう言う瑞穂も初めて見る光景だ。

高位の精霊使い同士が相対した時に起こる現象だと話で聞いたことがあるだけだ。

だが、これが起こる時は互いの精霊使いの実力が伯仲しているという証拠でもある。

つまり、三千院水重は自分の父親でありランクＳＳの四天寺毅成の住む領域に足を踏み込んでいることを意味している。

そして、互いを敵として認識している証左でもあった。

さらにバチバチと周囲に小さな閃光を放つ二人は距離を詰める。

「三千院のこ倅がこの私に何の用だ。何を考えている？」

「はい、実は毅成様に聞きたいことがあってこの大祭に参加させてもらいました」

「私と話がしたいのであれば正式に四天寺を訪れればよかろう。この大祭は瑞穂の伴侶を探す神事。用向きを間違えているぞ、貴様は」

「いえ、私があなたに面会を申し込んでも断られましょう。四天寺重鎮の方々は私を過度に警戒されておられますので。ですが幅広く参加を募ったこの大祭であれば断れないと考えたのです」

「ふん、一度も面会の申し出もせずにしたり顔で語る。世間の常識を学ばずに育ったようだな」

「世間の常識は世間のもの。私やあなたに当てはめるものでもないでしょう。私はそうなるだろうことを知っているだけで、礼を失したわけではありません」

　毅成と水重の周囲の閃光の数が増す。

「それで貴様は私に何を聞きたいのだ」

「私が聞きたいのは、ただ一つです」

　毅成の体に数十の小さな雷がまとわりつくように現れては消えると、水重の体を旋回するように白い霧のようなものがゆっくりと漂う。

「あなたは……四天を見たのですか？」

　毅成の体から発せられた一筋の雷が水重を襲うと水重の周囲の霧がそれを防ぐ。

「貴様……」

「その表情、あるようですね。精霊術で〝雷〟を体現したあなたならと考えていました」

　何の会話をしているのか祐人には分からない。瑞穂でさえ分かっていないようだった。

　ここで水重が満面の笑みを見せた。

　瑞穂も初めて見る水重の笑みだった。

　かつて数度、水重と時間を共有したが水重の澄ました表情以外を初めて見る。

　しかし笑みというには安心を覚えず、むしろ畏怖すら感じてしまう。

笑みとは似て非なるものだ。

「では、そこはあなたが一人で辿り着いたものですか？　それともやはり巫女の存在があなたをそこに導いたのですか？」

毅成と水重の歩みが止まる。

毅成から凄まじい霊力が烈風となって周囲に吹き荒れた。

同時に水重を覆う霧が分散して円盤状に変形し毅成の霊力の烈風から水重を守る。

毅成が小指を動かしたかと思うと水重の左右の地面から鋭角の大岩が突き出し挟み込む。

水重の周囲にある数十の霧の円盤が瞬時にそれを防ぎ、互いに力比べをしているように動きが止まった。

「貴様は何を知っている？」

「違います。私は知りたいだけです。精霊使いとしての究極。四系統同時行使とは何かを」

水重は円盤に乗り上空に移動すると今、水重のいたところの押さえられていた大岩がぶつかり合い砕ける。

水重の姿を追うように毅成が顔を上げた途端、水重の上方から炎で象られた数十の槍が雨のように襲いかかった。

水重は炎の槍を円盤で弾きながら毅成を見下ろす。

その霧の円盤はドベルクたちをも守っていた。

滅多に見ることはない高位精霊使い同士の近接戦闘の迫力に祐人たちは見入ってしまう。

互いに交わす言葉は何を意味しているのかは分からない。

だが、毅成の目に宿る迫力から水重を危険視し始めていることだけは伝わってくる。

「精霊とは世界の息吹、この世界を作るは精霊。この力を操る精霊使いは一体何者なのか。私はそれを分かりかけている。あなたもそうではないのですか」

「そのようなものは知らぬな」

毅成がそう応じると炎槍の雨が降り止まない中、更に水重の周囲にかまいたちが発生し、四方八方から襲いかかる。

水重はフッと笑うと周囲に幾重もの大気の層を作り上げかまいたちを防ぐ。

「お、お父さん」

瑞穂は自分の父親のこのような荒々しい姿を見たことがない。

普段の父からは想像できないものであった。

「もう一度言うが、入家の大祭とは四天寺の神事。我が娘に相応しい相手がいるかを見るものだ。それに参加する気もない貴様はただの侵入者。ましてやそこの襲撃者を庇おうとは何を吹き込まれた」

「フッ、吹き込まれてなどおりません。それにしてもこの期に及んで大祭ですか……はぐらかさないでほしいですね。この話の重要性に比べればあなたの娘の伴侶など、どうでもよいことです」

「むう」

水重のこの言い草に初めて毅成が片眉を上げた。

毅成が右拳(みぎこぶし)を作ると同時に暗雲が頭上を覆う。

「……！」

水重の笑みが消え目に力が籠(こも)る。

すべての霧の円盤を自らの頭上に移動させ傘のように広げた。

直後、天の怒りが具現化したかのような雷が水重を襲い、稲光で周辺がホワイトアウトする。

瑞穂は父親の前触(まえぶ)れのない大技(おおわざ)に驚いたが幼い時から毅成と修行(しゅぎょう)を重ねた経験のお陰でギリギリ仲間を守る精霊障壁(せいれいしょうへき)を展開できた。

「ちょっと、お父さん、危ないじゃ……！」

と言いかけるが口を噤(つぐ)む。

（え？　え？　なに？）

今の精霊術から使い手、つまり毅成の深い怒りが精霊を通して感じとれたのだ。

（お父さんが怒っている？　どうしたの？）

視界が回復すると水重の霧の円盤はほぼすべて消し飛び、何とか雷を霧散させることに成功したというように見えた。

水重は毅成の攻撃を防ぎ切り、円盤の上で静かに立ち毅成たちを見下ろした。

更に何かを言いかけようと口を開いたその時、水重はギクッとする。

そこにいたはずの一人がいないのだ。

突如、自分の真横に刀を振り上げた少年が現れた。

「む⁉」

その少年の目は怒りに染まり殺気というものが目に見えるのならこういうものだろうというオーラを纏っている。

水重の周囲に残った最後の霧の円盤が三重になって振り下ろされた刀の切っ先に集まり主人を守ろうとした。

だが……、
その刀は円盤を切り裂きスピードも衰えないままに水重に迫る。

咄嗟に水重は体を斜めに屈めた。

「……ッ」

その切っ先は水重の頬を掠めて通りすぎ水重は後方に退く。

すると水重を襲った少年が毅成の前に静かに着地した。

「ひ、祐人」

瑞穂はたった今まで横にいたはずの祐人が戦神のような気迫を放ち、前方に着地したのを呆然と眺める。

「どいつもこいつも」

立ち上がった祐人は毅成に体を向ける。

「瑞穂さんのお父さん、この大祭は失敗ですよ。大祭に集まったのは瑞穂さんに相応しくない馬鹿ばかりです！　もうこいつらには帰ってもらいましょう。僕もそれを手伝います」

「え？」

（な、何？　どうしたの？　祐人まで）

瑞穂は一瞬、祐人の言葉の意味が入ってこなかったが、徐々に理解し体の芯が熱くなっていくのを感じる。

「は、はわわあ」

「瑞穂さん、落ち着いてください。別に祐人さんは瑞穂さんが好き、とか、一番可愛い、とか微塵も言っていませんから。それよりも祐人さんを援護しますよ」

マリオンが唇を尖らすと何故かラファエルの法衣の輝きが増す。

「わ、私は落ち着いていているわよ、いつも冷静だわ」

祐人は水重に鋭い視線を向ける。

そもそも祐人が水重を敵認定したのはジュリアンたちを援護したからだ。

祐人にとって決して認められるものではない。

堂杜として水重もジュリアンたち共々、迷わず攻撃するつもりだ。

だから水重に対して言うセリフはこうなってしまう。

「水重さん、あなたが何を考えていようが僕は興味ない。ただ、そのジュリアンたちを逃そうとするなら……決して許さない。容赦もしない！」

だが今、祐人を怒らせたのは瑞穂への暴言と受け取れる水重の言葉だ。

瑞穂をまるで景品のように取るに足らない物かのように扱う言葉。

これが祐人には許せない。

堂杜としての目的は見失わないが激しい怒りが祐人を覆う。

祐人からの殺気を受けると水重は軽く驚くような態度をみせるがすぐに莞爾とした表情にもどった。

◆

四天寺の指令室では意識を失った茉莉を簡易ベッドに寝かせ、ニイナ、一悟、静香は戦場を映すモニターに釘付けになっていた。

この時、横になっていた茉莉がニッと笑った。

「そう、それでいいのよ、祐人。怒るのなら友人を理由にしていいの。私たちも祐人のために怒るから」

「うん？」

茉莉の横に立っていた静香が茉莉に顔を向けて目を落とす。

茉莉は変わりなく静かに寝息を立てている。

静香は気のせいかと首を傾げモニターに再び顔を向けた。


「フッ……」

毅成は祐人の言葉を受けて生意気なことを言う若者だと言わんばかりの笑みを見せたが、目はそこまで笑ってはいない。いや、内心は驚いているといってもいい。

それはたった今、祐人が見せた動きだ。

（見事な動きだ。敵の虚を突き、実を切る。三千院のこ倅を相手にたやすく懐に入るとは）

と感心しつつ、もう一つ思うところがある。

それはモニターでこの少年を確認した時も感じていたが似ているのだ。

自分の知っている限り、戦闘において自分をも超えるやもしれないと考えている能力者の動きと。

といってもその能力者とは久しく会っていない。

長い付き合いなのだが、いまだにその素性は知らない。

おそらく聞いている名も本当の名ではないだろう。

だが機関にとって、これ以上ない深刻な状況には必ず姿を現した男。

もう一人のランクＳＳ。

近接戦闘型の剣士でありながら中距離、長距離の攻撃術と強力な封印術をも操り、まさにオールレンジで敵と相対できる霊剣師にして万能型の能力者。

（似ている……リョーの動きと）

若いころから共に組んで難度の高い依頼をこなしてきた仲間でもあり毅成が考える最強の霊剣師。

そのリョーの面影を一瞬だけ垣間見せたこの少年に毅成は無意識のうちに頼もしさを感じたのだった。

（ふふふ、この戦いの感触……懐かしいではないか）

毅成の表情に変化が現れる。

その顔は強敵を前にしてどこか楽しんでいるような不敵な眼光。いつもの厳めしい表情からは想像できない若々しさすら感じる。

機関筆頭格にして名門四天寺家の当主である毅成を警戒させ、この場で殺さねばならぬと即座に決意までさせたのは三千院水重。

だが堂杜祐人という少年を見ていると、その闘争心に彩を添え、難敵との戦いもどこか楽しみに思えてくる。

水重との戦いは自分を以てしても簡単には決着しないと分かっていてもだ。

そしてもう一人のランクSSも同様のようだった。

「毅成さん、私もやらせていただきましょうか。そろそろリハビリにも飽いてきました」

剣聖アルフレッド・アークライトの持つ聖剣がぼんやりとした光に包まれ、光の強度が増していくのが分かる。

この時、水重の背後でジュリアンに肩を貸しているドベルクは舌打ちをした。

水重の参戦と援護で命を救われその実力には驚愕し、同時に心強くも感じたが状況が好転しているわけではない。

「SSが二人ともやる気で俺は有難いがなぁ」

水重が援護し何らかの牽制をすればこの場から逃げ出すこともできるかもしれない。

しかし、水重にはそのつもりはないようだ。

水重に何の目的があるのかは分からない。長い年月を生きているドベルクですら水重と殺成の謎かけのようなやりとりは理解不能であった。

（実力には驚いたがこの引きこもりの目的なんぞどうでもいい。今はどう撤退するかだ。もうマリノスの契約人外も全滅寸前だ。これ以上は詰むぞ……うん？）

ドベルクが険しい表情でいると突然、ジュリアンの目が開きドベルクの肩から降りて自身の足で立った。

「やあ、ドベルク。ドベルクの苦労性は見ていられないね」

「ジュリアン、その口調は……やっと戻ってきたか！　それと何だ、その言い草は……」

「話は後だよ、ドベルク。ここは急いで脱出といこう。祐人君がランクSSたちに火を付けちゃったみたいだし、あそこにいるランクAのお嬢さんたちも、もうランクAどころじゃなさそうだね。これは勝ち目はないね、あはは」

ジュリアンはそう言うとまるで他人事かのように屈託のない笑顔を見せる。

「お前の発案だろうが。というか、もう一人のお前か。まあいい、でもどうするんだ、今のところ逃げるのも至難の業だぞ」

「まあ考えはあるから。それと水重君には来てもらわないと困るしね。彼はいいよ。きっと僕らの力になってくれる」

「あの引きこもりを？　また変な奴が増えていくな。へいへい、まあいいわ。考えるのはお前に任せる。あとは指示をくれ。オサリバンも動けるな？」

ドベルクはそう言うとジュリアンの指示にすぐ対応ができるよう臨戦態勢を整えた。

水重は祐人の鋭い眼光と倚白の切っ先を向けられても莞爾とした表情のままだ。

だが、互いの間にある空間には気を抜けばそのまま寿命をすべて持っていかれるような緊張感が走っている。

祐人の濃縮された仙氣と水重の清流のような霊力が溢れだし、やがて……それは当然の帰結のように触れた。

「ハァッ！」

これがまるで戦の開始を合図する銅鑼が鳴ったかのように、祐人が踏み込む足に仙氣を乗せた。

祐人の一足一刀の間合いは長大かつ変幻自在。

瞬く間に愛剣倚白の間合いに水重を捉える。

「……！」

水重の顔から笑みが消え、祐人の鋭い視線と水重の静かな視線が重なる。

水重と祐人の間に霧が入り込み、水分量が増すと氷結する。二人の間にクリスタルのような透明度の高い氷盾が構築され、その分厚い氷盾越しに互いを視認した。

（この距離で祐人君と戦うのは精霊使いとしては自殺行為でしょうね。私でなければ首を刎ねられてしまうでしょう）

己が構築した氷盾はそう簡単に斬れる硬度ではないことを知っているが警戒は怠らない。

自分と対峙する祐人の間に何もない状況は決して作らぬようにしているのが分かる。

この水重の対応は当然であろう。

祐人に得意のレンジで戦わせるのではなく少しでも時間を稼ぎ、その場からの離脱と同時に反撃の術を選択して、精霊使いとして最も適切な間合いをとる。

「おーい、水重君！　撤退するからちょっとだけ時間を稼いでくれるかなぁ！　できればこちらの援護もしてもらえると助かるんだけど」

この時、水重の背後からジュリアンの陽気な声が響く。

祐人はジュリアンの人が変わったような口調に違和感を覚えるが、撤退の準備を明言したことから仙氣を漲らせた。祐人にこの連中を逃す気はさらさらない。

この四天寺家を襲った能力者たちは堂杜家としても、ここで逃してはならない危険な組織だ。

「ドベルク、オサリバンも時間稼ぎしてね。ドベルクは剣聖、オサリバンは雷帝をお願い。しばらくは僕に誰も近づけちゃだめだよ」

「時間稼ぎって……簡単に言うなぁ、お前は。オサリバンいけるか？」

「誰にものを言っている！　いけるに決まってるだろうが」

両腕を巨大ホチキスの針のようなもので無理やり繋げているオサリバンは目を血走らせる。明らかに重傷で強がりというには痛々しすぎる姿だ。

「そうだよ、大丈夫だよ。オサリバンは対精霊使いでは無敵のはずでしょ。さーて、今度は僕らが時間稼ぎの得意な祐人君のお株を奪おうじゃないか！」

そう指示を出すとドベルクとオサリバンはアルフレッドと認成に仕掛けた。

祐人と対戦中の水重は精霊使いとして効果的な距離を維持しながら戦っている。

精霊使いの水重にしてみれば接近戦で祐人と戦うことに利はない。

そこに再び祐人が踏み込んできた。

今度は氷盾越しに祐人が構わず倚白を袈裟斬りに振りぬくのが見える。

水重は慌てることもなく、すでに次の術の発動準備を完了させ、祐人の刀が氷盾に弾かれるか、受け止められるかした次の行動に注意を集中したところで……目を見開いた。

水重の構築した氷盾はいとも容易く一刀両断され、祐人はすぐさま自分に突進をかけてきたのだ。

「なんと！」

その祐人からくる迫力と威圧感は想像以上で、水重は命が取られるかもしれないプレッシャーとはこういうものかと理解させられる。

（ほう、なるほど。彼女らを甘く見ていました。今日一日でここまで化けるとは）

水重の視線が祐人の背後左右に陣取った瑞穂、マリオンに向かう。この二人がピタリと祐人の行動に合わせて最適な援護をしていることを理解した。

瑞穂は氷盾の弱体化を狙った火精霊術を発動し祐人の倚白の熱量を上げる。

マリオンは祐人に対術防御結界及び祐人自身の防御力上昇を付加していた。

このおかげで祐人は氷盾を切り裂き、また、切り裂いた後の水重の術にも恐れずに思いきった行動がとれた。

そしてまさに今も、祐人への援護が可能な距離と位置取りをしている。

（やりますね）

彼女らの個々の急成長ぶりにも目を見張ったが、祐人、瑞穂、マリオンの連携は隙がなく見事だと水重は素直に賛辞を贈る。祐人を前衛として最大限に活かすシンプルな連携だが、堂杜祐人の実力を考えるとてつもなく恐ろしい。

祐人が懐に入らんとし、倚白を下方から返した刃で突き上げてくる。

「面白い」

水重は離脱用に掌握していた右手の水精霊術を解除し、同時並行で左手に火の精霊を掌握すると炎を爆発させ、灼熱の空間を展開し祐人の攻撃行動を削ごうとする。

「……う!?」

瑞穂は一瞬、歯を食いしばり唸るとすぐに火精霊の掌握を解除し、同時並行で水精霊を掌握して祐人の前に現れた灼熱空間を相殺しようとする。

説明すれば、たったこれだけのことだ。

だが瑞穂と水重がやっていることは精霊使いとして超超高度なやり取りをしている。

水重と瑞穂は風精霊術を展開しながら、左右の手で多系統の精霊術を発動させているのだ。風精霊術で水重は空中での行動を可能にし、瑞穂も祐人の動きに合わせる速度を得るために使っている。

その上での攻防なのだ。

まず精霊の二系統同時行使をしていること自体が尋常ではない。

それに加えて二系統目を瞬時に切り替えながらの同時行使。

これを二人の若い精霊使いは実戦でこなしている。

朱音をして鬼才と言わしめた青年と天才の名を欲しいままにしてきた少女の視線が交差した。

涼しいが空虚にも見える水重の目を余裕のない目で瑞穂は睨む。

（なんていう奴なの！　私の掌握した風精霊にも干渉しながらのこの精霊との感応力。私の精霊が僅かに持っていかれた！）

祐人の握る倚白の刃が炎の空間を切り裂くと祐人の飛び込んできた軌道を躱した水重がすぐ近くを通過する。

その刹那、二人の視線は交差した。

祐人はそのまま地面に落下して着地すると、水重は何を思ったかそのまま離脱をせずに祐人の前に降りてきた。それは自分の有利さを捨てるだけでなく、この不利な状況から脱出しづらくするものだ。

さすがに祐人もこの水重の行動に眉を顰める。その行動はまるで自分と対話をしようとするような距離感だ。

水重は表情を変えず、この戦場と化した四天寺家の敷地内を見渡した。

マリノスが召喚した契約人外たちはほぼ駆逐され、重鎮席の前で踏ん張っていた明良たちも敵の最後の猛攻をどうやらしのぎ切ったようだった。

つまり、もう敵は首謀者であるジュリアンたちとそれに味方した水重のみになった。

ドベルクは大剣ダーインスレイブで防御に徹し剣聖アルフレッドの剣撃を防いでおり、オサリバンは殺成の精霊術に耐えながら必死に近接戦を仕掛けている。

ドベルクとアルフレッドは拮抗した戦いを繰り広げているが、オサリバンは精霊術が効かない特性を殺成に見抜かれたのか、明らかに劣勢だ。

精霊術によって引き起こされた間接的な物理攻撃に苦しんでいる。

「どうやら……こちらはもう余裕がなさそうですね。では、去る前に祐人君には私の本心を伝えておきましょう」

「本心？　そんなものを聞くつもりも必要もない。ここから逃す気もないよ！」

水重の言葉を呑気に聞くつもりなどない祐人は猛然と水重に襲いかかる。

同時に水重は祐人と自分の間に氷盾、岩壁を交互にそして超高速で展開していく。

「逃すかぁ――！」

祐人はそれらを切り裂き、または迂回するが、すぐさま行く手を阻まれて効率よく水重に近寄れない。水重はただただ防御に徹して精霊術を展開してきているのが分かる。

この時、水重の後方にいるジュリアンに動きが見えた。

（あれは⁉）

ジュリアンを中心に妖霊力が集まりだしているのが分かる。

祐人が若干の焦りから舌打ちをすると祐人の左側に人影が現れた。

「私も力を貸そう」

「アルフレッドさん！」

突然現れた剣聖が大剣を片手に水重の防御術を共に破壊していく。祐人よりも一撃一撃が豪快で一振りで複数の氷盾、岩壁が破壊されていく。

意外なことに先に敵を撃破してきたのはアルフレッドだった。

ドベルクは大の字になって虫の息となっている。

「一度折れた剣では私の相手になりはしない」

「ほう」

感心したように水重が声を漏らす。

だが剣聖の参戦に合わせたように水重の防御壁の展開スピードはまだまだ上がっていく。

「させないわ！　マリオン！」

「はい！」

瑞穂とマリオンも祐人の動きに合わせて術を発動し、祐人の行く手を阻む水重を直接的、間接的に牽制する。

水重は表情を変えずに瑞穂のかまいたちを防ぎ、マリオンの浄化術展開ポイントから離脱する。祐人、剣聖、瑞穂、マリオンを同時に相手にしながら冷静にさばいていく。

「祐人君、私は別に君とは戦いたくはないのです。いや、できれば私と来てほしいとすら思っています」

「なにを！」

「祐人君、おそらく君も四天、もしくは三千世界を見ている。私たち精霊使いとは別のアプローチで。君はここではない世界の始まりを感じたことはないですか？　この世界との繋がりが消え、新たな君が誕生する……」

「ッ⁉」

祐人は目を見開く。

「君だけ……そこは祐人君一人だけの世界の始まり。新たな宇宙の誕生と言ってもいい」

すると突然、水重が瑞穂に目を向けた。

瑞穂は水重のその目に悪寒が走る。なぜなら水重の瞳にはこの世界が映っていない。

まるで興味のない映画やドラマを見ているような目をしているのだ。

自分だけは別の世界からこの世界を覗いているかのような目だった。

「瑞穂君、もしかすると君も辿り着くかもしれない。初めて会ったときはこのようには感じなかった。君は私の横にいられる可能性を持っている。いや、持ち始めたというべきか」

「何を」

瑞穂が不愉快さを隠さぬ顔で吐き捨てる。

「三千世界とは、四天とは？　精霊使いの行きつく高みを私、三千院水重は知りたいだけ……む!?」

水重が上空に顔を向ける。

同時に剣聖アルフレッドが叫ぶ。

「祐人君、この場を離れろ！　耳と目をケアするんだ。瑞穂君、マリオン君もだ！　急げ！」

アルフレッドの指示に瞬時に反応した祐人たちは水重から離脱を図る。

天にあり得ない速度で暗雲が垂れ込めていき、天が破裂するような音と閃光が起きた。

大地をも揺るがすような轟音が響き渡り、辺りがホワイトアウトする。

直後、殺成が発動した雷が水重に落ちた。


ジュリアンはホワイトアウトした視界の中で笑みを漏らす。

「さて、今度はこちらの番だね。ドベルク、ぶっ放したら逃げるよ」

いつの間にか倒れているドベルクの横に移動していたジュリアンが言う。

「クッ、それどころじゃねーだろうが。オサリバンはどうした」

「ああ、あそこで倒れてるね、死んじゃったかな。やっぱりあの傷で【雷帝】に挑むのは自殺行為だったかな。うーん？　両手に加えて片脚まで失ってるけどまだ生きてるね、さすがはオサリバンだよ」

「お前は鬼かよ……グフッ！」

血を吐いたドベルクは苦し気に返す。

「あはは、冗談だよ。この隙にオサリバンも回収する。オサリバンまで失ったらさすがに元が取れないからね。ほら、帰るから立ちなよ。マリノスには残った契約人外をすべて出すように伝えたから」

笑いながらも容赦のない指示にドベルクは血だらけの体で立ち上がった。

「あの引きこもりの坊ちゃん、やられちまったぞ」

「ドベルクは分かってないなぁ。水重君は強いよ、あれだけじゃやられないから」

ドベルクはジュリアンの手のひらの上に乗る暗黒が渦巻く球状の塊を見て愕然とする。

「へへへ、いいのかよ。それは対ＳＳランク能力者用に俺たちが開発した最終決戦用だろ」

「何を言っているの。術は術だよ。術を秘匿して死んだら愚の骨頂じゃないか。それに全力では撃たないから大丈夫。この至近距離で放ったら僕らも危ないからね」

ジュリアンは相変わらずにこやかではあるが、その目には得体のしれない光が宿る。

「まあ、四天寺は敷地ごと消えてもらおうかな。それぐらいはしておかないとね」

ジュリアンは力を漲らせ、血管が浮き上がった手のひらの上に濃縮した妖霊力を暗黒のボールに集中させる。

その力の塊は妖力と霊力が交じり合うように脈動し、まるで得体のしれない新しい生命が誕生したかのようだった。

その球体からは誰のものとも知れぬ、断末魔や恐怖のうめき声が漏れ出ている。

「フフフ、ロキアルム、伯爵たちへの手向けだ。せめて地獄で四天寺と戯れているがいいよ。ああ、ナファスも一緒にね」

一瞬だけジュリアンが疲労の色を見せた。が、すぐにいつものジュリアンに戻る。

「さあ、行くよ、ドベルク。それと水重君、聞こえているかな？　僕がこれを放ったと同時にマリノスのところへ跳びな。もう迎えも来ているはずだからね」

「おい、オサリバンは⁉」

「マリノスの優秀な人外が回収したさ！　さあ、とびきりの土産を置いていこうか！」

ジュリアンが両手を天に掲げ、膨大な量の妖霊力を注ぎ暗黒の塊を浮き上がらせる。

「ぬうううううううああああ！」

ジュリアンが腹の底から絞り出すような声を出した。

この時、毅成の攻撃の余波から逃れるために半瞬前に後方に跳んだ祐人とアルフレッド、そして、瑞穂とマリオンはホワイトアウトした視界の中で身を守るように構えていた。

しかし、全員の顔に戦慄が走る。

雷の落ちた向こう側から背筋の凍るような巨大な力の片鱗を感じ取ったのだ。

剣聖アルフレッドでさえ、その顔を強張らせる。

この瞬間、祐人の戦闘脳が高回転した。

(これはとんでもないものが来る！　何だ？　術なのか、召喚なのか、判別できない⁉)

目が慣れて視界が和らぐと祐人の視線上には水重はいない。

だがその先には両手を天に掲げ、頭上におぞましい力の塊を支えるジュリアンの姿が目に入る。

やや右方で凄まじい雷の術を放った毅成もジュリアンの方向に視線を移す。

「あれは……」

ジュリアンのそれは祐人の目からは術やスキルなどというカテゴリーに入るものなのか、理解が及ばない。

ただその球体から伝わってくるのは憎しみ、恨み、恐怖、悔恨、悲しみ、絶望。

まるでそれらが核となり膨大な妖霊力を纏っている。

「ハッ⁉」

（この感覚は）

祐人の脳裏に魔界で祐人と仲間たちが死闘を繰り広げたある魔神の名が浮かび上がった。

それは魔界に蔓延る魔神を束ねた魔神の中の魔神。

いや、魔神の盟主とも呼ぶべき人族の最大の敵。

後にリーゼロッテたちの命を奪ったアズィ・ダハークの支配者だった。

祐人はリーゼロッテたちと共に戦い続けた果てにその存在までたどり着いた。

やがてリーゼロッテの尽力で魔界における全国家、全人族が再結集をし、ようやくにして倒した魔界混乱の元凶。

（魔神の盟主パーズス⁉）

祐人の両腕、両足を囲うように魔法陣が浮かび上がる。

そして祐人の右手首の辺りから漆黒の長刀が姿を現した。

「あれをやらせては駄目だぁぁ‼　みんな僕の後ろに！」

祐人はそう叫ぶと人間のものとは思えない殺気を放つ。

「え⁉」

「祐人さん！」

「き、君は！　祐人君！」

瑞穂、マリオン、アルフレッドは祐人の変貌ぶりに目を剥く。

祐人の殺気はそれだけで敵を圧殺するのではないかというもので毅成と水重の大技の応酬でざわめく空間を駆け抜ける。

すると祐人の殺気は空間を静寂で塗りつぶしていった。

（祐人、あなた、この感覚は……まさか）

瑞穂が祐人の背中に目が吸い寄せられて顔を強張らせる。

マリオンも同様だ。

（祐人さん、これは新人試験のときの）

そう……それは新人試験の際、S級の吸血鬼と戦っていた時に見せたものだ。

その時の祐人の変貌と同じ。

敵のおぞましくも凄まじい力はさらに集束していく。一方では、祐人がそれに反応したように仙氣を臍下丹田、体の中心の一点に集めだした。

二人の少女に不安と恐怖が大波になって襲いかかる。

それは敵が放つだろう人智を超えた一撃に対してではない。

いや、それもある。

それもあるがそれ以上に二人の少女の記憶から導き出された答えがそう感じさせるのだ。

それは今まさに祐人が起こそうとしている。


——封印解除。


「フ……あれがジュリアンたちの奥の手ですか」

いつの間にか、はるか上空にいる水重が眼下にいる祐人たちを見つめてニッと口角を上げる。

毅成の雷の直撃を受け、防御のために掌握していた精霊たちが霧散し、所々に傷を負っているようだが意に介している様子はない。

「さて、祐人君。君が何をする気なのか、見せてもらいましょう。君に出会ってから精霊たちが騒ぐのです。まるであなたに出会うことが私の運命だったかのようにね」

そう言うと静かではあるが水重の瞳の奥に光が灯った。

この水重の姿を捉えている者が一人だけいた。

その少女は重鎮席前の広場の端で木々の間から現れるとすぐに上空を見上げたのだ。

「お兄様……」

琴音は震える小さな声を漏らすと秋華たちと共に広場に足を踏み入れた。

咄嗟に瑞穂は風精霊を手繰り寄せ、ジュリアンに向かいかまいたちを放つ。

それに合わせたように後方から毅成が炎の弾丸を速射する。

すると上空からダウンバーストのように降り注ぐ強風に防がれた。

「なんなの⁉」

上空を見上げると水重が瑞穂たちの攻撃を撃ち落としたのだ。

さらには瑞穂たちに襲いかかる強風をマリオンが障壁で防ぐ。

「三千院水重！　あんなところに！」

「私が行こう」

そう言ったアルフレッドが剣を握り動き出そうとすると大地が揺れ、歪み、移動を妨げる。

「やめておいた方がいいよ！　今、僕に仕掛ければ術が暴発して全員死ぬだけだから。水重君はある意味、みんなを守ったんだよ？」

ジュリアンが絞り出すように言うその言葉が嘘ではないと分かる。

それだけの圧迫感をその怪奇な術に感じるのだ。

（やるしかない）

祐人の脳裏に魔界での凄惨な光景が広がっていた。

祐人が見てきた魔界での世界を賭けた大戦。

大戦前の魔界は魔神に仕掛けられ、操られ、互いが互いを信じられない世界を作り上げられてしまった。

魔神たちは人間、人族の不信、恐怖、諦め、歪みをその糧とし力を蓄える。

その時まさに魔神、魔族たちにとって最も心地の良い環境になりつつあった。

弱き者も強き者も目標を失い、世界に希望を見出せなくなったところで魔神たちは人族全体に大侵攻してきたのだ。

リーゼロッテを中心とした祐人たちがその狙いに気づき、必死に抗ってきたがついには人族すべてを巻き込んだ魔界の大戦は止められなかった。

だが……、
その絶望の中でも信義を重んじ、愛を拠り所にして命を懸けて戦ってきた数々の親友、ライバルたちがいた。

リーゼロッテのしてきたことは無駄ではなかったのだ。

リーゼロッテの蒔いた希望の種は大戦時直前に花を開いた。

開戦直後、人族最大戦力として五つのグループがあり、そこに加えて祐人がいるリーゼロッテたちが各戦線に投入されることになった。

作戦はこうだ。

重要な戦線で五つの最大戦力を投入し戦場に膠着状態を演出する。

その間に祐人を魔神たちの王の下に届けるというものだった。

祐人にその時の映像が蘇る。

人族に余裕などない。魔界でも最強と謳われた戦力の命も安いものだ。

仲間を犠牲にしながらも自身は消耗を避け、歯を食いしばり、血の涙を流して辿り着いた先にいた魔神たちの王の姿。

（魔王パーズス）

祐人はその姿を忘れたことなどない。

そして今、そのパーズスの気配をジュリアンから僅かにだが感じ取った。

（こいつらの目的は能力者が人類の上位種として君臨するためだけの戦いを起こす気なのは間違いない。だけど……）

祐人はパーズスの気配を感じるとそれだけではないのでは、という考えが浮かんでくる。

（そんな生易しいものではないかもしれない。魔界との繋がりがあるのは間違いないんだ。まさか、こいつらの背後にいるというのは……）

祐人は白銀の鍔刀【倚白】、漆黒の長刀【倚黒】を握った両腕を広げる。

倚白と倚黒の刀身が怪しく光った。

倚白は霊力を引き寄せ、倚黒は引き寄せるべき魔力を探す。

二刀は共に祐人の内側に秘められた霊力、魔力を待っていた。

（もしそうなのだとすれば、なりふり構ってはいられない。この世界全体の問題だ！　封印解除が必要なら……）

そう思ってはいるが祐人はこの時、友人知人の姿を思い浮かべている。

茉莉、瑞穂、マリオン、ニイナ、一悟、静香……そして、嬌子たち。

今の祐人にとって大事な、かけがえのない人たちだ。

（それでも僕は堂杜祐人だ。堂杜家の男だ。堂杜の役割を果たす。たとえ皆に忘れられたとしても！）

祐人の眼光に激しい炎が灯ったその時……、
広場全体に緩やかな靄が現れた。

その白くキラキラとした靄は広場全体を漂い包みだした。

「これは……？」

祐人の背中を見ていた瑞穂やマリオンがこの状況に気づく。

同時に広場にいるすべての人間がこの現象に顔を上げた。

「何だ、この不愉快な空気は！」

ついに術を完成させ、今解き放たんとするジュリアンが露骨に不愉快な表情を見せた。

水重は上空で形の良い眉を寄せ、目を細める。

靄に続きシャンシャンと心地の良い鈴の音が響いてくる。

その音色は四天寺家重鎮席の方角から響いてくることに気づき瑞穂は振り返った。

「お母さん！」

る。

重鎮席は能楽のステージのように整えられ、笛や鈴、つづみを持った者たちが囲んでいる。

そしてその中心では天女のような衣服を身につけた朱音が舞を舞う。

朱音の背後には神前左馬之助、大峰早雲が神妙な顔で控えており、朱音の舞は雅で煽情的でもあり荘厳さも持ち合わせていた。

精霊の巫女の舞を目の当たりにした精霊使いたちは己の中に湧き上がる力や勇気を感じとる。

靄に触れると精霊たちと自分たちの境が分からなくなるような共感を覚えてしまう。それはまさにここにいる精霊使いすべてが数ランク上の精霊使いになったと考えてもよい。

皆、ハッとする。

「これは祐人？」

「祐人さん？」

「祐人君！」

「婿殿！」

靄に触れると戦いに身を置いた人間たちの強い気持ちが朧気ながらに共有されるようであった。

特に強い意志と覚悟を持った人間の気持ちが伝わってくる。

具体的に何がというのは分からない。ただ、気持ちが伝わってくるのだ。

朱音が舞を舞いながら笑みをこぼす。

「さあ、精霊の赴くままに。何をすべきか分かった精霊使いたちはその想いのままに動きなさい。皆を守ろうとした者を今度は我らが守るのです」

四天寺の精霊使いたちの表情が変わる。

「妖魔の残党は大峰透流、神前ルナの部隊で当たれ！　それ以外は全員、婿殿のところへ行くぞ！　あの敵の術を防げ！」

明良が号令し見事な練度の高さを思わせる四天寺の精霊使いたちが動き出す。

「祐人！　待ちなさい！」

瑞穂が叱りつけるように祐人に怒鳴る。

続いてマリオンが祐人の右腕に飛びついた。

「祐人さん！」

ここで祐人が驚き、振り返る。

「駄目だ！　そんなことを言っている場合じゃ……え、これは？」

祐人はジュリアンに集中するあまり広場を覆う現象に気づいていなかったようであった。

さらには目の前にいる瑞穂から今までに感じたことのない威厳を感じる。

自分を涙目で見上げてくるマリオンの目には固い意志の籠った強さがあり、エメラルドグリーンに輝くラファエルの法衣がマリオンをさらなる高みに飛翔させたようだった。

「祐人さんはすぐに一人でやろうとします！　何度も言いましたが本当に悪い癖です！」

「祐人！　聞くわ。時間がないのでしょう？　そのまま答えなさい」

瑞穂は前を向きながら言う。

「あれはそんなにヤバいのね」

祐人は考える間もなく瑞穂の質問に答える。

「うん、あれはこの広大な敷地ごと楽に吹っ飛ばせる。それと僕の考えているものと同じなら、喰らった人間は精神を病む」

「分かったわ。それで防げるの？」

「すべては無理だと思う。対消滅を狙うか、上空にでも放ってもらわないと。同じくらいの威力のある攻撃で消滅させても余波で犠牲は出る」

「クッ……質が悪いわね」

祐人は大きく息を吐くと瑞穂たちを見た。

「だから僕がやるよ。ついでにあいつらも倒す」

「それは駄目よ」

「駄目です」

瑞穂とマリオンに即答されて祐人は目を広げる。

「な、何で⁉　今は」

「あなたとの記憶を代償にというのなら高すぎるからよ！　忘れる気はないけど！」

「そうです！　まったく割に合いません！　私も忘れませんが」

「な……」

まさかの回答に呆気にとられる祐人。

だが、すぐに口を開こうとすると、

「困ったもんじゃのう、祐人。お主一人だけ気を張り過ぎじゃ。もっとこう気楽に考えんとのう」

「え⁉」

「うん？」

「きゃ！」

突然、下から会話に入ってきたふざけたマスクを被る人物に驚いた。

そこには自称二十歳。

てんちゃんがため息をついて腕組をしていた。

「だからぁぁ！　何で私たちを守るあんたが私たちを一番、危ない最前線に連れていくのよぉぉ！」

「いや、この家はちょっと広くてのう。帰る方向がよく分からんので聞きに……」

「このバカ！　おバカ！　明らかに私たち死ぬかもしんないじゃない！　黄家の直系が全滅したらどうすんのよ！　もうお爺様って呼んであげない！」

「痛い！　痛！　ちょっと待つのじゃ、待つのじゃ」

秋華が今日、数えきれないほどの突っ込みをした。

「爺ちゃん！」

本気の祐人が気配すら感じとることのできなかった祖父に目をやると纏蔵はマスクの奥にある目でジュリアンのいる方向をまるで日常を見るかのようにする。

「おうおう、大層なもんを呼び込んだのう。あれは術というより……まあいいか」

纏蔵の背後のやや離れたところでは琴音が上空にいる実兄を思い詰めたような表情で見上げていた。

「お兄様……何故」

琴音は胸の襟を握り、水重の姿を捉え続ける。だが水重は琴音を見てはいない。

水重にとって琴音などは気にとめる存在ではないかのようだった。

この広場での激戦が始まる前に琴音は大祭の試合中だった水重を心配し、纏蔵たちと別れて水重のいるエリアへ向かった。

そして、木々の間を抜け茂みの奥へと走り、琴音は水重に会うことができたのだ。

琴音は見つけた尊敬する兄、水重の背中に声を上げる。

「お兄様、大変です！　今、四天寺が襲撃を受けて……え？」

「琴音ですか」

琴音は水重が琴音の呼びかけで振り返った時、無意識に駆け寄る足を止めてしまった。

何故なら、驚いたのだ。

そこには心底楽しそうな表情を見せた水重がいた。

声は上げていない。

それはとても無垢な笑顔だと琴音は思った。

長く兄の横にいた琴音も水重の笑顔など見た覚えはない。

琴音は兄の喜ぶ姿を見たいとずっと思っていた。

いつか兄が屈託のない笑顔を自分にだけは見せてくれると夢想してきたものだった。

それが今、願いが叶った。

自分だけに向けたものではないのは分かっている。水重は何か別のことで喜んでいたのだろう。だが、いつか見てみたいと思っていた水重の笑顔がそこにあった。

だから驚き、もっと兄に近づこうとしていた足が止まった。

しかし足が止まった理由はそれだけではなかった。

琴音はその水重の笑顔に悪寒が走ったのだった。

「お兄様、今、敵が」

「敵ですか、敵とはなんです？　琴音」

「え……ですから、お兄様も気づいておられるのでしょう？　この四天寺を襲ってきた連中です！　四天寺の区別もなく参加者も襲われています！　お兄様なら撃退することも」

『ふむ』

水重から笑みが消えて琴音を見つめる。

琴音には先ほど水重から感じた悪寒がまだ残っているため、内心は穏やかではなかった。

三千院の家の中で唯一、尊敬し、敬愛した兄。

家中の者にも気味悪がられ、実の両親にすら敬遠されて、家の中にいながらたった一人であった。

しかし、そのような状況でも水重は、女性と見まがうような容姿を含め、三千院史上屈指の実力と存在感、そして良くも悪くも他者を惹きつける雰囲気を纏っており、琴音の目には気高さを失わない孤高の存在に映った。

家と親の言うことを守る以外に何も選択をしてこなかった自分にとって水重は輝いて見えた。水重が自分の兄であるということが誇らしく、嬉しく、そんな兄を大事に想う気持ちが、三千院に対してできる自分の最後の自由だった。

だが……今、無意識に琴音は足を半歩後ろに退いた。

すると、水重が面白そうに目を細める。

「ほう」

水重の反応の意味するところが琴音には分からず、今まで水重に感じたことのない緊張が生まれる。

「琴音、私は三千院を出て行きます。たった今から私は三千院とは何の関係もありません。そのように伝えておきなさい」

「……あ」

琴音は目を見開き、兄を見つめ返す。

言っている内容に驚きはなかった。

いつか水重がこのように言う時が来るだろうと感じていたからだ。

そして、その時が来たら自分はどう答えようか、ということも決めていた。

だが何故、今日、今なのかが分からない。

水重はこの四天寺の大祭へ参加してから今までにない反応が多かった。

(四大寺の大祭への参加を突然決めたかと思えば堂杠さんに興味を示して、そういえばジュリアンとかいう人とも)

水重を見つめながら琴音の中を言いしれない不安と形容しがたい怖さが支配していく。

しかしそれでも、もし兄がこう言ってきた時に決めていた答えを言おうと半歩下がっていた足を半歩前に進めてしまう。

「お兄様、では私も行きま……！」

「やめておきなさい」

言い終わる前に水重から返答を受け、琴音は体を硬直させる。

「お前が来ても私にとって何の益もない。むしろ邪魔です」

「……！」

にべもない水重の言葉に琴音が血の気が引いたような表情を見せる。

「この際だから言っておきましょう、琴音」

この時、重鎮席前の広場から大きな力がぶつかり合う衝撃波が二人の間を通り抜け、水重が広場の方向に顔を向ける。

「琴音、お前は私にとってその他の人間と同じくつまらぬ存在だった。家に逆らう術も力も勇気も衝動もない。それで自分の弱い心を見つめもせず、ただ私を頼り、拠り所にして、自分の最後の自尊心を守っている小さな存在。私という存在を自分の都合の良い虚像として作り上げ、まるで不幸な自分の人生の一点の希望かのように思いこむ」

水重は涙を浮かべだしている琴音に顔を向けた。

「本当にくだらない。拾い上げる価値もない。それがお前です、琴音。そのお前が私の傍にいることなどできようはずもない」

声を荒らげることもなく抑揚もない。

表情に変化もなく水重はまるで淡々と事実を報告するかのよう。

「あ……ああ」

琴音は愕然とし体と足が震えだす。

視点も合わず、ただただ涙だけが溢れだす。

自分には兄がすべてだった。そう思っている。

その兄から何の感情もないままに言われた言葉で琴音の胸に想像以上の痛みが走った。

息をするのも辛く、それなのに息は荒くなっていく。

「で、でもお兄様、私は……私は、お兄様の味方でありたいと……」

「それが己を知らないことを物語っているのです。お前が私についてこようなど身の程を知らず、この水重も分からず、ということを言っているようなものです」

琴音は会話をしているだけなのにもかかわらず立つのもやっとという感じで視界の上下が分からぬほどに頭の中がクラクラしてくる。

その琴音の状況を水重は理解しているのか興味がないのか分からない瞳でとらえる。

「琴音、辛いのですか？　三千院に残るのが。私に拒絶されたのが。では最後の情けで私が解放させてあげましょうか」

そう言うと水重の周囲に風精霊たちが集まりだす。

「琴音、無に帰すれば楽になれます。一人でいることがそんなに辛いのであれば、私が手を貸しましょう。琴音、愚かな妹。これもお前が望んだ結末の一つでもあるのでしょう」

途端に水重の操る風精霊が透明の刃に形を変える。

水重は右手を上げて呆然自失して動けない琴音に振り下ろさんとした。

実の妹を今から手にかけようとしているにもかかわらず水重の表情は静かで一点の迷いもない。

「琴音ちゃーん、どこよー！　ちょっと、変態仮面も探してよ！　うん？　何しているのよ、あんた、指で口笛でも吹くつもり？」

茂みの奥から秋華の声が聞こえてくると同時に水重の風の刃が弾け消えた。

「……恐ろしい人が来たようだ」

水重は自分の風精霊術が吹き飛んだ右手の辺りを見つめると琴音に視線を移す。

依然として自我を失ったようにしている琴音はただ立っているだけ。

水重に命を奪われそうになった時もこのままだった。

水重はそれ以上何も語らずにその場から姿を消した。

〝琴音……私を見つけた時、お前は私に近づくのを止めて、その後、私を恐れ、距離をとるように半歩下がりましたね。そのお前は嫌いじゃないですよ〟

呆然自失の琴音の耳に風がそよいだ。

「……え？」

琴音はハッとしたように顔を上げた。

空耳か、気のせいなのか、分からない。

一瞬、水重に囁かれたような、心の内を見せられたような不思議な感覚だけが残った。

そこに秋華とふざけたマスクを被って英雄を担いでいるてんちゃんが姿を現した。

「あ、いた――！　良かった、無事で！　うん？　琴音ちゃん、どうしたの？　何があったの？　大丈夫!?」

琴音の涙で濡れた頬に気づき、秋華は驚き、心配するように琴音の両肩に手を乗せた。

それはわずかな人肌だったが琴音には染みわたるものがあり、少しずつ心に力を取り戻していく。

「秋華さん……何でここに？」

「何を言っているのよ！　こんな危ない場所に琴音ちゃんだけを一人にできないでしょ！　だからすぐに追ってきたの。琴音ちゃん、思ったより足が速くて驚いたよ、もう」

秋華の安堵する顔を見て琴音は胸が熱くなり、秋華に抱き着いた。

「わ!?　どうしたの？」

「ありがとう……秋華さん」

その横ではてんちゃんが広場の方向へ視線を向けていた。

「あの男、妹を殺そうとしておったか……いや、どうであろうの」

てんちゃんこと纏蔵は小さく呟いた。

ジュリアンは頭上に掲げている怪しく波打つ黒い球体をさらに上空へ移した。

「じゃあね、バイバイ。四天寺家とそれに加担する人たち。まあ、想像以上に楽しかったよ。お土産を置いていくから受け取ってね……はああ！」

ジュリアンが今まさに術を放とうとしている。

祐人たちに戦慄が走り顔色を変えた。

この時、背後でアルフレッドと毅成に水重がダウンバーストを放つ。

今、一番厄介なこの二人をけん制して時間稼ぎをしジュリアンの攻撃を補助した。

この緊迫した状況で纏蔵が祐人たちに飄々とした様子で振り返る。

「あれはどうするのじゃ？　お主らで止めるのか？」

すると祐人が前に出て倚白と倚黒を十字に構えた。

「爺ちゃん……僕がやる。みんなは早くここから離れて」

「はあ～、だからお前は気を張り過ぎじゃ。それにあの面倒そうな球体を敵がまた作ってきたらどうするのじゃ。一々、封印を解除するつもりか？　お前は」

「でも今はこれしか対抗手段が浮かばない！」

「お前……この期に及んで皆を無傷で救おうとしておるのか」

纏蔵は全身傷だらけの孫の姿を見るとため息をついた。

そして視線を瑞穂とマリオンに移す。

瑞穂とマリオンはふざけたマスクをしている祐人の祖父にギクッとするがマスクの中から見える目に惹きつけられた。

その瞳には温かみがあり、まるで感謝を伝えているかのような不思議な感覚を覚えた。

角度的に祐人からは見えないが二人にはマスクの中には好々爺(こうこうや)の笑顔が想像できてしまう。聞いていた人物像と随分違い(ずいぶんちが)「孫と仲良くしてくれてありがとう」と言われているようで、祐人の親族ということを考えると瑞穂とマリオンは照れと緊張が出てしまう。

「今回だけじゃぞ」

「……え？」

「儂(わし)が何とかする」

「ええ——!!　爺ちゃんが!?」

「じゃがその後の悪辣(あくらつ)な余波まではどうにもならん、じゃから精霊使いたちで守るのだ。巫女の下に集まった精霊使いたちなら何とかなろう」

纏蔵が珍(めずら)しく有無(うむ)をも言わさない迫力(はくりょく)で祐人たちに背を向ける。纏蔵らしからぬ雰囲気に祐人も戸惑(とまど)うが今は時間がない。祖父の馬鹿げた強さは自分が良く知っているのだ。

「分かった……瑞穂さん、四天寺の人たちに防御(ぼうぎょ)術の指示をお願い！」

「分かったわ」

すぐに瑞穂は四天寺にいる全精霊使いに風を送り、纏蔵の背中を見た。

（これが祐人のお爺さんなのね。小さな背中なのに妙に心強いのは血筋かしら）

「おい、皆、儂の後ろに。特に女性は真後ろに立つのじゃ。祐人とあちらの男どもはそこらへんにでもおれ。来るぞい」

琴音、秋華とマリオン、瑞穂を自分の背後に回らせた時、ジュリアンから禍々しい球体が祐人たち目掛けて放たれた。

「まったく、娘たちを無事に帰すと約束してしまったからのう。仕方あるまい」

ジュリアンたちは即座に、そして高速で離脱する。

水重も眼下の祐人たちを見つめると僅かに口元を緩め、ジュリアンたちの動きに合わせて移動した。

禍々しい球体が迫る。

これと同時に纏蔵の周囲が熱を帯びる。実際には温度が上がっているわけではない。だが纏蔵を中心にあたりの空間が揺れて渦を巻き纏蔵に何かが集まっていく。

（これは……太極図⁉）

纏蔵の背中に一瞬、太極図の幻影を祐人は見た。

毅成は厳しい表情でアルフレッドはニッと笑う。

纏蔵が軽く地面を蹴った。

すると纏蔵はロケットのように飛び上がる。

その方向はジュリアンの放った球体だった。

瑞穂とマリオン、秋華と琴音が同時に纏蔵を目で追ってしまう。

「ぬん！」

なんと纏蔵は自分の体を上回る大きさの暗黒の球体を蹴り飛ばした。

禍々しい力を秘めた球体ははるか上空へ蹴り上げられると消滅し霧散した。

そして、纏蔵は難なく元の場所に着地する。

あまりのことをあまりに簡単にこなした祖父に呆然とした孫が立っている。

「馬鹿者、見ていないで精霊使いたちに上空を守らせろ。なるべく影響のないように消したつもりじゃが、心の弱い者は影響がでるやもしれん。巫女と繋がった精霊使いたちの結界なら悪しき意志も祓えよう」

すぐに瑞穂や明良たちが上空に結界を張る。

祐人は祖父である堂杜纏蔵を呆然と見つめながら家族として誇らしさを覚えずにはいられなかった。

◆

ジュリアンたちはマリノスと合流を果たした。

マリノスはあらかじめ召喚していた巨大な怪鳥の首に跨っている。

「早く乗りなさい。もう敵の契約人外たちがそこまで迫ってきています」

普段から顔色の悪いマリノスだが、今はそれに加えて衰弱しているように見える。

多数の契約人外を投入したことがマリノスの体に影響を及ぼしているようであった。

ジュリアンたちと水重が怪鳥の背中に乗るとすぐに飛び上がった。

その上昇スピードはとても生物とは思えないもので、あっという間にはるか上空まで離脱する。

この時、追撃に備えたドベルクは後ろを振り返り愕然としていた。

「おいおい、あれを弾くかあのマスク。あれは俺たちの奥の手だぜ」

ドベルクが震えた声を上げる。

「ハハハ、すごいなぁ。一体、何者なんだろうね。世の中は本当に広いよ。あんな能力者が機関にも所属しないで存在しているんだから」

ジュリアンが無邪気な笑みで感心する。

「笑ってる場合かよ、ジュリアン。あんなのが敵に回ったら負けるとは思わねえが、こちらも相当な被害を覚悟しなくちゃなんねぇぞ」

「まだ敵だと決まったわけじゃないよ。だって四天寺の大祭に参加してきただけでしょう。まあ今回はこちらから攻撃したからね。あちらにしてみれば自分の身ぐらい守りたいでしょう」

「そうかも知れねえが、お前は呑気だなぁ。あんなのが味方じゃないってだけで普通は嫌なもんだぜ」

「まあまあ、あのマスクの人が本気でやる気だったら僕らはとっくに全員、殺られていたよ。今の僕たちじゃね」

「チッ、何だよ、それは」

　水重は最後尾に立ち腕を組みながら目を閉じている。

「四天寺壊滅は失敗しちゃったね。あーあ、もっといい線行くかと思ったんだけどなぁ。結果をみたら僕たちの惨敗だったね」

「笑い事じゃねーんだけどな。もう少しお前が真剣にやってくれりゃここまで負けなかったぜ」

「それはいい訳さ。大祭参加者の中に四天寺に雇われたのがあんなにいたとは読めていなかった。僕も四天寺を舐めていたよ。どうやら僕たちの方が誘い込まれたみたいだ。本当にムカつくよ、四天寺は」

「あん？　マジか！　そうか、俺たちが誘い込まれたのか。道理で」

ドベルクがジュリアンの言葉で初めて罠だと気づいたというように顎をさする。

「あはは、でも収穫も多かったよ、ドベルク」

「何かしていやがったのか。三千院の息子だけ勧誘して休んでたのかと思ったぜ」

「心外だなぁ。遊んでいたわけじゃなかったんだよ」

「それにしてはこちらの損害は大きすぎだろう」

「うーん、それは確かに予想外だったね。でも来てよかったよ。今後、僕らが気にかけなくてはならない人物をたくさん確認できた。いや、負け惜しみじゃなくて本当にそう思うんだ。ナファスやオサリバンには悪いけどやっぱり四天寺に仕掛けて良かった。何てったって」

ここでジュリアンの笑顔がすっと消えた。

「堂杜祐人に会えたんだからね」

四大寺家敷地(しきち)では祐人たちや嬌子たち、そしてすべての精霊使いがジュリアンたちの離脱した方向をそれぞれの表情で見上げていた。

# 第5章　劣等能力者の受難

四天寺家を襲撃した者たちは撤退し、残ったのは敷地のあらゆる場所にできた戦いの跡だった。

難を逃れた大祭の参加者たちやその従者たちは疲れ果てた様子でその場に腰を落とす者もいる。

祐人はそれらを無言で見渡しながらジュリアンたちのことについて考えを巡らしていた。

(ジュリアンたちはスルトの剣と同じく能力者たちの存在を世界に発信して機関に戦争を仕掛けるつもりだろう。今日はその前哨戦、もしくは威力偵察といったところなのか)

そう考えたところで祐人は眉根を寄せる。

(本当にそれだけなのか?)

祐人はジュリアンたちと戦い、それだけではない別の目的、もしくは手段に拘っているように感じたのだ。

このご時世だ。

もし能力者の存在を明らかにするだけならやりようはいくらでもある。

ネットを介したアピールも可能であるし今回、四天寺に仕掛けたように突然、主要都市を襲うこともできる。

主要国も機関も都市への襲撃は警戒しているだろうが、ジュリアンたちが好きなタイミングで好きな場所に仕掛けることができるのだ。とてもではないが未然に防ぐなど至難の業だろう。

また、世界的な主要大都市で一旦、ことが起きれば誤魔化すことなどできないだろうことは今回の戦いで明らかだ。

ミレマーのときのように独裁政権の閉鎖的で発展途上の国家とはわけが違う。

（魔界と接触しているのはほぼ間違いない。問題はその接触の経緯、接触方法、そして、どういった奴らと繋がっているのか、だね）

やはり纏蔵と遼一には相談しなくてはならないと祐人は考える。

できれば堂杜家だけで片付けたい問題だが相手はそんな簡単ではなさそうだ。

機関の力や情報網を利用させてもらい魔界の存在だけは知られないように動く必要がある。

（それも相当に難しい問題だよなぁ。せめて父さんがこっちに帰って来てくれれば色々と

できそうな気がするんだけど……爺ちゃんじゃなぁ、不安要素としかならないし）

祐人は軽く息を吐き、現在、魔界に赴いている父、遼一とコンタクトをとることを決めた。

堂杜家にとってそれだけのことなのは間違いないのだ。

祐人が周囲に目を移すと今、四天寺家の人間たちが大祭を観覧していた被害者たちそれぞれに声をかけている。どうやら四天寺お抱えの医療チームが怪我人を優先して運んでいるようだ。

あれだけのことがありながら四天寺家のこの余力ある対応に祐人は驚きを隠せない。

するとマリオンが戻ってきた。

明良からナファスの瘴気で負傷していた人間たちの治療をお願いされていたとのことだ。

マリオンは祐人の横に立つと祐人と同じ感想を漏らした。

「すごいですね、四天寺って」

「そうだね。これが能力者家系で名家と言われる家の実力なのかな」

「四天寺にも意識不明の方が数人、重傷の方が多数いるんですが、上の方も下の方も揃ってこの程度の損害で済んだ、と喜んでいました」

苦笑いしながらマリオンがそう言うと祐人も苦笑いした。

「常在戦場……か。四天寺が強いわけだ」

これら四天寺家の人間の反応や発言は一般人には分からない感覚かもしれない。

これは能力者たちの世界が歴史的に殺伐としていたということがあるだろう。

観覧席にいた能力者たちも仲間の死には心を痛め、怒りに打ち震えている。

しかしそれは個々に委ねられた感情であり他者にまで干渉することはしない。

何故ならば自分の身を守らなければならないのはまず自分ということが能力者の間では常識なのだ。能力者である以上、常に危険と隣り合わせという現実がある証拠だろう。

また、能力者同士の戦いでなくとも人外との戦いで命を落とす者は毎年いる。

能力者であるということはこういう一面も抱えているのだ。

であるからこそ機関はまだまだ公機関にはなれない。

一般社会が能力者のような存在を簡単には受け入れられないのと同時に能力者も一般人とかけ離れた常識を持っている。

実は世界能力者機関はこれら能力者特有の価値観を打破しようとしているのだが上手くいっていない。それは機関の中核を成す四天寺家でさえこの通りなのである。

他の能力者家系も〝お祭し〟といったところだ。

ちなみに機関が天然能力者の保護、育成に力を入れているのはこういった価値観に毒されていない天然能力者の重要性が認識されたからである。

「祐人さん、嬌子さんたちは？」

「うん？　ああ、みんなは先に帰ったよ。家で待ってるって」

「そうですか、お礼を言いたかったのですが」

「何故かみんな妙に急いでたんだよね。でも会う機会はあるから大丈夫だよ、マリオンさん」

今回、戦場を一変させ四天寺に反撃の機会をもたらすという活躍をした人外たちは敵が撤退すると深追いはせず、というより興味を示さずに帰って行った。

実をいうと祐人からどんなご褒美をもらおうかと早く思案したいだけだったりする。

「そういえば瑞穂さんは？」

「あ、瑞穂さんたちは大祭の主催者の立場があるとかで明良さんに促されて屋敷の方に戻っていきました」

「そうか、こんな状況だもんね」

「はい……」

祐人とマリオンはしばらく広場の状況を見つめた。

（うん？）

広場の片隅で祖父纏蔵が秋華に説教されているのが祐人の目に入る。

「マリオンさん、ぼ、僕らも行こうか。あ、あっちに行こう、あっちに」

「え？　はい、では瑞穂さんのところに行きましょう」

「うん！　早く行こう。すぐにこの場から離れよう」

妙に急かす祐人にマリオンは首を傾げるが移動を始めるとすぐに祐人を呼び止める大きな声が聞こえてきた。

「おーい、祐人ぉぉ！」

「うん？　あ、一悟！」

一悟が必死の形相でこちらに走ってくる。

何があったのかと祐人もマリオンも顔に緊張が走った。

「一大事だ！　すぐに帰るぞ！」

「一悟、どうしたの⁉　何があったの！」

「ああ！　お前が早く帰らないと俺が殺されるんだ！　いや、殺されそうな勢いだった！」

殺される……という言葉に祐人とマリオンが互いに目を合わせる。

一悟は膝に両手をつきながら大きく息を繰り返している。

「一悟、落ち着いて事情を話してくれ。誰に殺されるの？」

「馬鹿野郎、そんなの決まってるだろ！　白澤さんとそこにいるマリオンさんにだよ！」

「は？」

「え？」

祐人とマリオンは一悟の思わぬ発言に呆けたようになる。

「袴田さん、どうしたんですか？　私が袴田さんを殺すわけがないですし茉莉さんもニイナさんもするわけ……」

「違うんだ！　俺が頼まれたこの仕事をしっかりこなさなければそれぐらいの剣幕で怒れるってこと！」

「ちょっと、一悟。何を言っているのかさっぱり分からない」

「あぁぁぁ!?　ヤバイ！　もう来た！　白澤さんとニイナさんの言う通りだ！　祐人、早く行くぞ！」

慌てふためいて自分の腕を掴む一悟の視線の方向へ祐人も視線を向けた。

するとそちらには明良とそれに従う二人の女性がにこやかな表情でこちらに向かってきているのが分かる。

そんなに騒ぐようなことでもないどころか意味が分からない。

マリオンも同様だ。

「ちょ、ちょっと一悟！　一体、何なんだよ！」

「だからぁぁ！　入家の大祭は終わらないの！　しかもお前以外は全員、敗北か棄権済み。つまりこのままだとお前と四天寺さんの決勝戦を残すだけなんだよ！　やる気満々なの、この家の人たちは」

「は？　何それ、初耳だけど」

「これに気づいた白澤さんとニイナさんはすぐにお前のところに行ってお前を連れ出すように動いたんだ。でも……」

「でも何？　茉莉ちゃんとニイナさんの二人はどうしたの？」

「二人は……すでに捕まったよ」

『捕まった!?』

『ああ、俺にもよく分からんのだが四天寺家のお姉さんたちが来て二人に何かを耳打ちしたと思ったら二人とも突然、膝から崩れ落ちてな。その後……血の涙を流すような表情で〝俺に任せた〟と言ったんだ！　すげえ怖かった！　マジもんで怖かった！』

説明している描写がまったく伝わってこない。何を言っているのか、まったく理解できないが一悟が必死なのだけは伝わってきた。

しかし、一悟のセリフに誰よりも素早く理解を示したのがマリオンだった。

「ハッ！　これは大変です！　祐人さん、逃げて！」

「え？　逃げてって、何を理解したの？」

突如、マリオンの切迫した雰囲気に祐人が驚く。一悟と同じくらいの慌てようだ。

一悟は表情が真剣になり明良たちが来る方向に立ちはだかる。

まるで気迫が具現化したようにオーラとなって体全体を覆いだした……かのように見えるだけで何も出てはいない。

「いいから行け、祐人！　たしかに白澤さんたちに脅され……頼まれたのもある。だがよく考えればこれは忌々しき事態だ。俺たちのこの歳で男の自由を、いや！　翼をもぎ取ろうなどとはまさに悪魔の所業」

「そうです！　まだ早いです。こんな方法は駄目です。ここは私たちに任せて行ってください！」

「いやいや、こちらに向かって来てるの明良さんたちだから」

「馬鹿野郎、あれがどれだけ恐ろしい連中か分からないのか！　あれはなぁ、男を人生の墓場に導くデーモンの集団だ！」

「うん、何を言っているか、さっぱり分からない」

そうこうしているうちに相も変わらずにこやかな明良と二人の四天寺の女性が祐人と目が合うと右手を上げて声を上げようとした。

だがすぐに一悟とマリオンがそれを遮るかのように祐人の前に陣取る。

「いいから行け！　俺たちのことは気にするな！　へっ……まあ、生き残ったら、俺の秘蔵のコレクションを見ながら語り明かそうや」

『祐人さん、私たちのことは構わずに！』

セリフだけ聞くと、まるで己を犠牲に仲間を逃そうとするかのような感動的なシーンの雰囲気だ。

「な、何なの？」

祐人は二人のテンションに完全に置いていかれている。

その姿にしびれを切らした一悟が振り返り怒りを露わにする。

「こ・い・つはぁ！　ちょっと耳を貸せ！」

『うわ！　何だよ！』

「いいから！」

一悟が祐人の右肩を強引に引き寄せると耳元で小声だが力の籠った説明をする。

（あのな、四天寺家はな、入家の大祭を中止してねーんだよ！）

（そ、それはさっきも聞いたけど、よく考えれば四天寺も面子がある訳で、ここで大祭を中止したら襲撃者に屈したみたいに思われるのが嫌なだけでしょ？　だったら決勝戦で僕が瑞穂さんに負ければいい話じゃない）

（それが全然違うんだよ！　そもそもこの大祭を開催したのはまずはお前が目的だったんだ！）

（はあ⁉　な、何それ？　何を訳の分からないこと言って）

（聞け！　俺にはよく分からんがお前、四天寺さんの前で結構な活躍をしてきただろ。どうやらそれで四天寺さんのお母さんのお眼鏡にかなったらしいんだ）

（朱音さんの⁉）

（ああ、その朱音さんが随分とタヌキらしくてな。白澤さんもニイナさんもすっかり騙されたと怒っていたぞ。四天寺というのはな、強さが正義！　という熱血漢顔負けの側面があるんだと。だから実力を認めたお前をどうしても欲しくなったらしい）

（で、でも、昔、入家の大祭で四天寺家の娘さんが襲撃に遭って命を落としたって。それでその悲劇を繰り返さないために僕を雇うって言ってたじゃない）

（それはな、白澤さんが言うにはお前を何としても大祭に参加させるための作り話の可能性が高い、と言っていたぞ）

（えぇー!?　まさか！）

（いや、俺も最初はさすがにそれは、と思った。でも今の状況を見るとな、あながち違うとも言えねー気がすんだわ。だって今回、襲撃してきた連中がどれだけの奴らかは知らねーけど、結果を見れば見事に撃退していいるだろ？）

（……むむ）

（もちろん、お前の活躍のお陰ってのもある。でもさ、指令室みたいなところにいてよく分かったんだが、四天寺は今回、襲撃されるのを読んでいた、を超えて待っていた感じすらしたぞ。そのための布石をいくつも打っていた感じだった）

一悟はそう言うと目を鋭く光らせる。

（そこでだ、祐人。そんな四天寺がな、むざむざ自分のところの大事な娘を犠牲にしてしまう失敗をすると思うか？　大きな被害が出たとしてもそこだけは守るだろ）

（た、確かに。トーナメントに残った参加者の半数近くが四天寺の応援組だったらしいし）

（さらにな、聞けば入家の大祭ってのはほとんどの場合、次代の当主候補の相手探しで催したって話だ。実力の釣り合う相手が見つからないときにな。ということはさ、その人たちはすげえ実力があるんじゃないのか？　だって四天寺さんみたいな立場の人のことだろ。そんな簡単に殺られるような奴らか？）

（じゃ、じゃあ本当に僕を参加させるために？）

（ああ……多分間違いない）

（で、でも、これ以上は朱音さんも手詰まりでしょう。だってこの後、決勝戦をしたとしても僕が瑞穂さんに負ければいいんだから。負けるつもりだし。それに瑞穂さんだっていきなりこれで僕と結婚とかないでしょ）

（甘い！　相手が四天寺家、そして朱音さんだということを忘れるな。我が才女、白澤さん、ニイナさん、マリオンさんをいとも簡単に騙した実力者だぞ。一体、どんな手を打ってくるか分からん）

（……!?）

（それにな、いきなり結婚かは分からんぞ。ひょっとしたら婚約者でキープくらいは平気でしてくると覚悟した方がいい。実際、お互いに高校生だしな。もっといい人材が来たらポイされるかもだけどな）

（な！　ポ、ポイ）

（だがなぁ！　そこを問題にしてねーんだ、俺は!!）

（ええぇ!?　ここまで説明しておいて？）

（いいか、耳をかっぽじってよぉぉく聞け！　俺が問題にしているのはな、もし、お前が婚約者にされた場合だ！　お前は捨てられるまでは決して……！）

（け、決して？）

（合コンには行けない！）

（……は？　あぁぁぁあ！）

（そうだぞ！　やっと分かったか、アホ祐人！　さすがにこれは親友として！　同じ男として看過できねえ！　お前が憐れ過ぎる！　いと憐れだ！）

（じゃあ、今回の彼女探しのための合コンは）

（もちろん、おじゃんだ！）

（なんと!!）

事態が読めてきた祐人は顔を青ざめさせる。

いや、大して読めてはいないが最後の一悟の言葉だけはよく理解できた。

つまり、いまのところ瑞穂と完璧に釣り合う男はいないが一番、丁度いい人材が自分だったということだ。

瑞穂はそういうことに間違いなく反対するだろうが、そうはいっても四天寺家の人間。一悟の言う通り朱音がそう決めたというのなら逆らえない可能性は高い。

（お前も悪いんだぞ！）

（え!?　どこがだよ！　僕は何にもしてないよ！）

（お前が調子に乗って大祭のトーナメントでやたらと強さをアピールするからだ！　そのせいで朱音さん以外の人たちもお前を認め始めたみたいだからな。指令室でも話題になってたぞ）

（ちょっと！　それはニイナさんが相手を圧倒して勝つのが良いって）

（黙れ、アホト！　しかも襲撃してきた奴らをお前がメインで戦って大活躍だぁ？　普通はな、迎撃するのは四天寺が担うもんだろ。襲われているのは四天寺なんだからな。それをお前が常に前面で戦って大活躍って、目立ちたがり屋か！　そんなもん、婿アピールにしかならんだろうが！）

（えええ――!?　うわーん！　そんなつもりじゃないのにぃ！）

（お前の張り切りすぎが招いた結果でもある！　お前……このままじゃ四天寺家の最下層キープ婚約者だぞ。それにな、最下層とはいえ四天寺さんの婚約者だとか学校でバレてみろ。瑞穂推しのファンたちに何をされるか）

　吉林高校では瑞穂、マリオン、ニイナはすでにそれぞれにファン層を抱えており、その勢力は日増しに増えている。それは先行する茉莉と肩を並べるのは時間の問題と目されていた。

(ヒ――!　それは嫌だ!　一悟、僕はどうすれば)

(だから行け、祐人!　今のうちに姿をくらまして決勝戦をやり過ごすんだ。さすがに相手がいないならどうにもならんだろ!　あれだけの騒ぎだ。相手が消えていても誰も不思議には思わん)

(わ、分かった)

意を決した祐人が体を翻し、その場を離れようとすると再度、一悟が祐人の腕を引っ張る。

(待て、大事なことを言い忘れていた)

(何だよ、もう!　急がないと……)

(いいか、三日後の土曜日、決して忘れんなよ。必ず来い!　そこにはな、お前の守るべき未来がある………………かもしれない!)

(……!)

一悟がニヤリと壮絶な笑みを漏らした。

それは己の全てを賭けてでもやり遂げようとする人間の顔だ。

祐人はその笑顔に男……いや、漢を見た。

(ああ、必ず行く。僕の知らない心優しく、おっとりとした女性との繋がりを得るために！）

「待ってるぜ！　我が親友よ！」

「おうさ！」

二人はお互いの右拳（みぎこぶし）をコツンとぶつけ合った。

男同士にしか分からない世界はある。

たとえそれがどんなに困難でも。

今、二人の少年は同じ目的と夢を完全に共有したのだった。

その……二人の拳の上にさらにもう一人の男の手が乗った。

「……うん？」

「あれ？」

「話は終わったかい？　祐人君、袴田君」

そこには……にこやかな顔の明良が立っていた。

「もう――！　何をやってるんですかぁ！」

その後ろには四天寺家のお姉さま方に囲まれたマリオンが涙目（なみだめ）になっている。

「「あ……」」

一悟と祐人が顔を引き攣（つ）らせる。

そこにまだ諦めていないマリオンが声を上げる。

「祐人さん、今からでも遅くはないです！　早く……え？」

そう言うと同時にマリオンの両側からお姉さま方が微笑を浮かべてマリオンの耳元で何かを囁く。

すると……、
途端にマリオンはガクガクと震え血の気の失せた表情に変わっていく。

「マリオン様、落ち着いてください、私たちは何かしようだなんて考えていません。それはそうと……マリオン様のお部屋にあるメイド……スカートが短い……本当の願望……」

「はい……あのアニメ……とても煽情的……何種類も……仮面……今度の集まりは……」

祐人たちのところまでは何を言っているか聞こえてこない。

「どうしたの!?　マリオンさん」

「あ、あれは！　白澤さんとニイナさんのときと同じ……!?」

マリオンの顔から表情が消える……そして膝を折った。

「祐人君、袴田君、お話があるので屋敷の方まで来てくれませんか。ははは、心配いりません、何も企んでいませんよ。ただ今回の件を話し合いたいんです。今後の事も含めて、ね」

明良は何事もなかったように笑い、そして真面目な顔でそう言った。

「これは祐人君も感じているところだと思いますが、今回の襲撃者はただものじゃありません。これは四天寺だけでなく機関の行く末にも大きく影響する可能性が高い。だから今回のことを総括（そうかつ）する必要があるんです。分かってください」

そう言われると祐人も顔を引き締（し）める。

確かにそれは必要なことだ。それに四天寺や機関の持つ情報も欲しい。

「袴田君も関係者として来てくれるかな？」

「え？　俺もですか？」

「君もこの状況をつぶさに見ていた関係者ですよ。何か気づいたことがあれば何でも言ってほしいんです。それぐらいの相手だった、ということです。今回はすべての切り口で分（ぶん）析（せき）するでしょうから」

真剣な明良の眼差（まなざ）しを受けて祐人と一悟は口を閉ざし、互いに目を合わせた。

「では行きましょう。合コンの主催者一悟君、婿殿（むこどの）」

「へ？　今……何て言いました」

明良のあとについて行こうとした祐人の足が止まる。

「ハッ！　祐人、逃げろぉぉ！」

直後、二人は四天寺のお姉さま方に簡単に捕まりました、とさ。

ちなみにマリオンは首まで真っ赤にして両手で顔を覆いながら震えていたりする。

◆

〝それでは皆々様、この度は大変、お騒がせいたしました。ささやかではありますが宴席をご用意しました。今夜は英気を養ってからゆっくりとお休みください！　大祭は……〟

そうアナウンスが入ると四天寺家の本邸にある大広間で日本式の宴会が始まった。

会場は百八十畳はあろうかという広さで集まった人それぞれの前に御膳が置かれている。

また、多数の給仕する人たちがそれぞれにお酒等の飲み物をついで回っていた。

祐人はその様子を眺めながら、これだけの人員がどこにいたのかと驚かされた。

そして祐人は自分の前に置いてある御膳の上に目を移す。

そこには今まで食べたことはないだろうと断言できる高級食材を使った〝先付〟が載っていた。

（それにしても、すごいよな）

と祐人は思う。

あれだけの騒ぎがあったのにもかかわらず催す側も参加する側もよく平然としていられるものだと正直ついていけない。

つい先程、能力者たちの歴史に名を残すほどの強力な能力者たちに襲撃されたばかりなのだ。

もちろん面子を保つため、ということも分かるが一般人の感覚を根強く持っている祐人にはどうにも慣れない。

（四天寺家は超が付く名家だから余計かもしれない。でもさ……）

ついていけないのはそれだけではない。

「祐人君、飲み物はジュースでいいのかしら。食前酒くらいなら飲むわよね」

「え!?　はい、ありがとうございます、朱音さん。僕はジュースでおねがいします」

「そう、じゃあ瑞穂、祐人君についであげなさい」

「ななな、なんで私がわざわざついであげないといけないのよ」

「何を言っているの、瑞穂。今日は四天寺が参加している方々に謝罪を含め、もてなすために急遽開いた宴です。ましてや襲撃者撃退の功労者であり、大祭で唯一決勝戦に残った祐人君なのよ。家を挙げて最大限にもてなすのは当然でしょう。それにあなたたちは知った仲なのですから、それぐらい構わないでしょう」

今、祐人はこの大きな宴会場の上座に座っており、周囲は主催者である四天寺家の重鎮たちに囲まれていた。

「そうですぞ、お嬢。ここはお嬢自ら祐人殿をもてなすべきです」

背後から神前左馬之助も割って入ってきて祐人をもてなすように促すと、瑞穂も仕方なさそうに観念した。

(なんで僕の席がこんな場所なのかな?)

祐人の席は宴会場の正面で会場を見渡せるように並べられている宴席の中央に位置しており、宴会に参加するすべての人間から顔が分かるように座っている。

また左右は四天寺家の重鎮たちが陣取っており明らかに祐人の扱いは別格だった。

加えて隣には瑞穂が座っており、位置の取り方が何と言おうか、まるで祝言を挙げる若い男女のように扱われていた。

瑞穂も同じように感じているのだろう。

恥ずかしさのせいか前を見ることができず、ずっと下を見ている。

(ううう、みんなはどうしてる……あ、いた)

マリオンや茉莉たち、そして一悟は祐人から見て右前方の廊下側に並んで座っている。

何故か一悟と静香以外の女性陣の顔に影が入っておりよく表情が見えない。

するとまた瑞穂はスッと祐人の横に寄り目は合わせずにジュースをついでくる。

「あ、瑞穂さん、ありがとう。でも自分でやるからいいよ」

「い、いいのよ。今回、祐人の活躍で何人もの四天寺の人間が救われたんだから。こここ、これくらいは当然だわ。本当にありがとう、祐人」

瑞穂が祐人の下方からチラッと目を合わせてきた。

思わず祐人はドキッとしてしまう。

瑞穂は恥ずかしさが極まったのか頬を朱に染め、瞳も潤んでいる。

普段は堂々とし凛々しいはずの彼女の姿はそこになく、日常とのギャップが強いせいか祐人もつられて頬を赤くしてしまった。

「まあまあ、初々しいわねぇ」

「ハッハハー、まことにそうですな！　朱音様。いやはや……お似合いの二人ではないですかな。なあ、早雲」

「ふふふ、はい。これでは大祭を続けることもなかったかもしれませんねぇ」

周囲の大人たちのからかいがより恥ずかしく、あの瑞穂までも小さく縮こまっているので祐人は声を上げられなかった。

いつもの瑞穂なら大声で反論するはずである。

それが今は、まるで初恋をした恥ずかしがりの乙女のようだ。

何とも言えない甘い空気が祐人と瑞穂を包んでいく。

すると……右前方から凄まじいプレッシャーを感じる。

(うん？)

——そこには目から閃光を放つ少女たちが。

「ヒ！」

少女たちから漏れ出る黒いオーラが具現化したかのようにその一角だけ薄暗い。

その暗い空間の中で茉莉、マリオン、ニイナがこちらを凝視しているのが分かる。

何故かどのような敵にも臆したことのない祐人の体がガタガタと震えだした。

茉莉たちの並びの奥に一悟と静香が額から汗を流しながら座っており、さらにその奥にも見たことのある顔ぶれが見えた。

(あれは秋華さん、琴音ちゃんに……爺ちゃん！　黄英雄までいる！　帰ってなかったのか⁉　というか爺ちゃんは帰れよ！　何やってるんだよ！)

皆、それぞれの表情とそれぞれの態度で座っている。

秋華は何か悪だくみを思案するように、琴音は重苦しい表情で、ふざけたマスクをしながらとにかく料理を口に放り込んでいる纏蔵、そして纏蔵と祐人を交互に憎々し気な顔で睨む英雄がいる。

祐人は全方位から居心地の悪い視線を受けており嫌な汗がにじみ出てくる。

「贅沢な料理が全然美味くないよ……とほほ」

(ああ、とほほ、ってこんな気持ちの時にでるんだ。って全然嬉しくない発見だ)

周囲では相変わらず四天寺の重鎮たちが瑞穂と祐人をもてはやし、やれお似合いだ、やれ四天寺は安泰だと意図的とも思えるほどの大きな声で会話をしている。

とてもではないがリラックスできる状況ではなかった。


「まずいわね……琴音ちゃん」

秋華が形の良い顎に手を当てて呟く。

「どうしたんですか？　秋華さん」

兄のことで頭がいっぱいだった琴音がハッとしたように秋華に顔を向ける。

「分からない？　このままじゃ堂杜のお兄さんが四天寺にからめとられてしまうわ」

「え？　ああ……でも、私はもういいです。今は何から考えていいのか、色々なことがありすぎて」

今、琴音は一杯一杯だった。

敬愛する兄の水重が実家である三千院家に造反し、さらには機関に敵対する危険な組織に与したのだ。これだけでも自分の人生が半壊したような衝撃なのである。

この状況で実家を説き伏せて、祐人との恋を成就させようという気概はない。

それどころか自分自身の存在意義を見失いかけており三千院琴音なる人間の行く末など、どうでもよくなってきていた。

琴音は思う。たとえここで人生を終えようともなんの感情も湧かないだろう、と。

「それに……瑞穂さんと堂杜さんお似合いです。私なんかよりもずっと」

「駄目よ！　琴音ちゃん」

「え？」

普段、飄々とした秋華らしからぬ強い語気に琴音は俯いた顔を上げた。

そこには真剣な顔をしている秋華がいる。

「誰にだって色々なことがあるわ。もちろん私も……ね。でもね、この世に生まれて来たからにはすべての人に等しく権利があると私は思うのよ」

「権利……ですか？」

「そう。それでその権利はね、行使しなくちゃ最も嫌いな奴を最も喜ばせるくらいに勿体ないっていう部類のものなの」

「勿体ない？　それって」

「それはね、自分はこうありたい、と望むことよ」

「……！」

「私たちはね、何を失おうが、持っていなかろうが、閉じ込められようが、望むことだけはできるの。これは老若男女、貧富貴賤にかかわらず自由！　だから私は望むわ。こういう自分、こういう状況になりたいってね。それのための努力もする、手段は……まあ、あまり選ばないかな」

そう言って秋華は笑みを見せる。

琴音は目を見開いた。

秋華の言葉の重みまでは分からない。

ただ秋華にも抱えるものがあるのだろうことは分かる。

それはひょっとすると自分と同等以上の苦悩や苦難なのかもしれない。

でも秋華は苦悩などに拘るよりも望み、自分の欲しい姿を手に入れようと行動すると言っている。

自分は何かを望んでいたのだろうか？

望んではいたのかもしれない。

しかし、放棄していた。

その誰もが等しく持っているはずの権利を放棄していたのだ。

琴音は秋華の笑みが眩しい。

同時に自分の心の奥から温かい、または勇気のようなものが生まれたのを感じ取った。

「秋華さん……私」

「話は変わるけど琴音ちゃん、これは私の勘なんだけどね。琴音ちゃんって私と同じくらい男を見る目があると思うのよね」

「……は？」

思わず琴音はポカンとする。たしかに話が変わった。

「だって考えてみてよ。琴音ちゃんって極度のブラコンでしょう？」

「ブブブ、ブラコン⁉　ちょっと待ってください、違います！　私は、ただ……兄を尊敬していただけで！」

「まあまあ。私がここで言いたいのは……」

琴音がいきり立つが秋華はどこ吹く風だ。

「水重さんだっけ？　琴音ちゃんのお兄さん。たしかにすごい精霊使いだったわ。四天寺の当主と互角にやり合ったのよ。とんでもない能力者だわ。琴音ちゃんはそんなすごい人をずっと横で見ていたんでしょう？　それじゃあ他の男性を見ても何にも感じなくなるのも分かるわ。加えて一途な琴音ちゃんのことだからお兄さんへの想いだけで生きていこう、なんて思っちゃったりしていたでしょう」

「え？　あ……いえ」

琴音は秋華の言葉に拳が緩む。

実際、正解に近い。

「そんな盲目なまでのブラコン娘が初めて他の男の人に興味を持ったの。それが堂杜のお兄さん。どんな男の人に会っても水重さんと比べてしまって、みんなつまらない男性にしか見えなかったのに堂杜のお兄さんだけは違った」

琴音の肩がピクッと反応する。

そして頬が赤く染め上げられていく。

「私はね、ひょっとしたら琴音ちゃんは私と同じことを感じたのかもしれないって思ったの。だから、堂杜のお兄さんの件で琴音ちゃんを誘おうと思ったのよ」

「え？」

「私はね、堂杜のお兄さんが私のすべてを壊してくれるって感じたの！」

「⁉」

「私に絡みついて離れない能力に置かれている環境と状況、家のしがらみや周囲の目。しかもそれだけじゃなくて、私の意見や考え方、個性とかまで壊してくれるんじゃないかって！　どう？　そういったことを感じなかった？　堂杜のお兄さんに」


秋華は心から楽し気で嬉しそうな表情で琴音に体を寄せる。

琴音は秋華の言うようなことを考えていたことはないと思う。

ただ不思議なことに反感や異論は出て来ない。

むしろどこかしっくりとくる。

（堂杜さん……）

琴音は祐人との少ないやりとりを思い出す。

優しいかと思えば怖いオーラを発し、誰にも怒らないのに敵は容赦なく叩きのめす。

戦場では常に最前線に身を置き、最も危険な敵に立ち向かう。

するとこの瞬間、琴音は理解できた。

秋華に問いかけられて理解できた。

それは秋華と一緒だ。

「秋華さん。感じたと思います！　でもそれだけじゃなくて堂杜さんは、その……格好が良いんです。それで一緒にいてくれたら勇気が湧くんです！」

本当は何度も自分で壊そうと思ったこともある。

実家の三千院家のしがらみ、兄への想い、兄への依存、そして、自身の弱さや怠惰さを肯定して、自らを慰める三千院琴音。

ただ結局、壊すことすら怖かった。

だが祐人と出会い関わったことで壊す勇気を得たと無意識に感じ取ったのだ。

「私も壊してやるって！」

今度は琴音が笑みを見せた。

秋華は琴音の笑顔を見ると大きく頷く。

「琴音ちゃん、堂杜のお兄さんを逃さないようにしましょ！」

「はい！」

秋華と琴音は終生の親友となる互いの手を握り合った。

◆

「祐人、まんまと捕まってあんなところに座って！」

「祐人さん、顔がにやけています。瑞穂さんも照れた顔が妙に可愛いです」

「はい、完全に乙女の顔になってます。周りも賑やかにして、まるで婚約発表かのようです」


茉莉、マリオン、ニイナの三人の美少女が前を向きながら口を開く。

ちなみに皆、瞳孔も開いていたりする。

彼女らの圧力を間近で受けている一悟と静香は黙々と高級料理を口に運んでいた。

すると右側から二人の美少女の話し声が耳に入ってくる。

「それにしても四天寺が大祭を強行するのは堂杜のお兄さんを何としても婿に迎えるためなのに間違いないわ。ここまで強引とはねぇ……私が考えている以上に執着しているみたいだわ」

むむう、と秋華は眉根を寄せる。

「それって堂杜さんがそれだけすごいってことですよね。あれだけの敵を相手にしていながら、お兄様とも戦っていましたし」

「それは間違いないわ。私たち想像以上にすごい人を見つけちゃったってことね。でも、このままじゃ私たちの計画がスタートする前に四天寺に囲われてしまう。何か良い手を考えなくちゃ」

秋華と琴音は二人して腕を組んで思案する。

一悟はこめかみをピクッと反応させて箸を止めた。

「なあ、水戸さん」

「何？　袴田君」

「一体、どうなってるのかな？」

「何が？」

「いやさ、まあ、横の瞳孔が開き気味の吉高マドンナたちはいいわ。もう慣れたし。それよりもそちらの少女たちは何なのかな？　結構な高スペックフェイスをお持ちなんだが」

「さあね。新しい堂杜ハンターか何かじゃない？」

「堂杜ハンター……ですと？」

「堂杜君、今回、活躍してたしね。しかもみんなの目の前で。そりゃ、中には堂杜君強くて素敵！　とか思う人も出てきて不思議じゃないんじゃない？　隣の美少女みたいな」

静香は淡々と箸を動かしながら答える。

一悟は両目を大きく、大きく広げながら体を小刻みに震わせる。

「祐人のくせに？」

「うん、堂杜君のくせに」

「地味で影が薄くて、寄ってくる女性からはひどい目に遭うだけの男のくせに？」

「そうね」

「ひょっとして……俺よりモテてる？」

「モテてるわね、間違いなく」

「グハッ！」

突然、一悟は胸を押さえ苦し気な表情で仰け反った。そして悔しそうな顔をしながら静香越しにそっと秋華と琴音を覗きこんだ。

「ふん、どうせ祐人に寄ってくるような女の子だ。男に厳しかったり理不尽な扱いを平気で……うん？　これは」

一悟の視線が琴音に止まる。

（手前の元気そうなチャイナ服の子は……うん、いつも通り祐人の困った顔が目に浮かぶ。でも奥の子はそんなことはないな。見るからに大人しくて従順そうな雰囲気があるわ。今までにないタイプかもしれない）

「どうしたの？　袴田君」

「いや、祐人にもついにこんな子が来たかと思って」

「来たかと思って？」

「心からイラついた」

「正直な奴め」

静香はそう言うと箸を置いた。

すると一悟の方に顔を向けてニコッと微笑した。

「でも袴田君は本当に友達想いだと思うよ。そういうところは本当にいい人だと思うし、正直、格好いいと思う」

「……え？」

静香からの思わぬタイミングでの意外な言葉に珍しく一悟が戸惑う。

「だって茉莉やマリオンさん、ニイナさんのことも友達として大事にしているけど、やっぱり袴田君は堂杜君を一番に考えているよね。女好きと言いながら男の親友第一って……なんか袴田君らしいよ、そういうところ」

「な、何だよ、突然」

「ふふふ、照れてんの？」

「照れてねーよ。それに何を言ってるんだか」

「でもね……」

静香の声色が非常に重々しいものに変わる。

「……え？」

「合コンはやり過ぎたねぇ、袴田君」

「な⁉　何故それを！」

一悟がハッとした顔で静香を見つめると先程の優しい笑顔はすでに消え失せており、ニヤリと笑う静香がいる。

一悟の全身から脂汗（あぶらあせ）がブワッと滲（にじ）み出て血の気が引いていく。

「すべて、確認（かくにん）は取らせてもらったわ。聖清女学院の女の子たちと繋（つな）がっているのは袴田君だけじゃないの……」

「みみみみ、水戸さん！　まままま待って！」

「袴田君。袴田君が堂杜君を一番に想うように私も茉莉を一番に想っているの」

「どどど、どうするつもりだ、水戸さん」

口をパクパクしながら一悟が聞く。

すると、ククク、と笑うように静香は言った。

「これを使って四天寺の企みを潰（つぶ）すのよ。ご苦労様、袴田君。爆風（ばくふう）に巻き込まれるかもしれないけど許してね」

◆

宴は終わり、その際に今回の大祭の特別ルールである瑞穂の直接審査は明日とすることが発表された。

本来のスケジュールでは三日後の土曜午前なのだが、すでに大祭参加者が祐人だけになったことと今回の四天寺を襲撃した敵の存在をそれぞれの参加者たちが重くみており、早く国元に帰還したいだろうということを考慮したものだった。

とはいえ機関筆頭の名家であり最高クラスの実力を持つ四天寺家が家に迎える能力者も超重要情報である。

ほぼすべての者が入家の大祭の顛末をその目で確認してから帰るとしていた。

「分かっていますね、瑞穂。明日の入家の審査で必ず祐人君を我が四天寺に迎えることを認めるのですよ」

宴の後、朱音の自室に招かれた瑞穂はその母親の言葉に目を見開く。

「え⁉　でもそれは約束が……」

「何の約束ですか？」

「あ、それは……」

万が一、祐人が勝ち残ったとしても自分が祐人をあっさり倒して婿には相応しくないとする、という決め事は朱音には秘密にしている。

すべて祐人たちと話し合った内々の話なのだ。朱音の反応は当然であった。

すると朱音はふう、と息を吐いた。

「瑞穂、あなたは祐人君のことをどう思っているのです？　恥ずかしがらずに言いなさい」

「そ、それは」

「祐人君はあなたのために機転をきかせて、最後はあなた自身が相手を測らないと婿に迎えられないようにして場合によっては自分が勝ち残ってでもあなたの自由な恋愛を守ろうとしたのよ。ここまであなたのために行動する男の子はあなたの周りにいるの？」

「え？」

何故、そのことを？　と瑞穂は顔を上げる。

「そんなこと、私が見抜けないと思っているのですか。ですがそんなことはもういいのです。質問に答えなさい、瑞穂。あなたは祐人君をどう思っているのですか？　いえ、聞かなくても分かっていますが、あなたの口で言いなさい」

朱音の極めて真剣な表情と口調、そしてどこか優し気な雰囲気に瑞穂は口を結んだ。

瑞穂は頬を紅潮させ、頼りない声色で静かに答える。

「す……好きよ、多分。ううん……間違いなく好き」

「そう。じゃあ、祐人君が他の女の子と仲良くしたり、付き合ったらどうする？」

「それは……嫌だわ」

「どう嫌なの？」

「そ、それは……その……悲しいのかも」

それを聞くと朱音は大きく頷き、何かを言おうとする。

だが瑞穂はそれを遮るように強く声を上げた。

「でも！　祐人の気持ちを考えないのはもっと嫌よ。こんな方法で祐人を縛って強引に、結婚しても私は嬉しくないわ！」

瑞穂の言葉を聞き朱音は大きく息を吐いた。

「まったく……あなたは。分かりました。では、あなたの好きにしなさい」

「……え？」

朱音の意外な反応に瑞穂は少なからず驚いた。

正直、もっと強引に、最悪の場合、四天寺の命令として祐人を取り込むように言ってくると思っていたのだ。

「ただ覚えておきなさい。もしこのチャンスを逃したら祐人君は他の人にとられてしまうかもしれないわよ、それでもいいのね？」

「うん、私はマリオンたちとは正々堂々と戦いたいの。恋敵として」

恥ずかし気に俯く瑞穂を僅かに頬を緩めて朱音は見つめるが、すぐに残念そうな表情を作り自分の娘を憐れむような態度になった。

それは熟練の女優のような巧みな演技だと、ごくわずかな超上級者には分かったかもしれない。

「あなたは少し勘違いしているわね。ああ……私は母として可愛い娘の悲しむところを見たくなかっただけなのに。何故、祐人君があなたやマリオンさん、茉莉さん、ニイナさんの中から選ぶと思っているのですか」

瑞穂はハッとしたように顔を上げる。

そこにはさめざめと悲し気に呆れる母親がいる。

「たしかにあなたや今、挙がった女の子たちは可愛いわよ。それは顔だけでいったら中々いないくらいの美少女たちと言ってもいいわ。でも、それでも祐人君がぽっと出の女の子に奪われていくことは多々あり得ることなのに……」

「ええ⁉　で、でも私たちは祐人のそばにいて、みんな祐人のことを本気で……」

「もう、あなたたちのような恋愛素人を世間では残念、思い込み、わき役、電波、甘ったれ、負け組、ザマア美少女って言うのよ。ネット界隈では常識だわ」

「な、何、その言葉。ネット界隈？」

聞いたことのない表現を母親が突然してきてすぐに理解はできなかったが、何となく良い意味ではないのは分かる。

「祐人君が独り身なのは、たまたま恋愛巧者や天然恋愛マスターが現れなかった、もしくは祐人君の良さを知る機会がなかっただけ」

「でで、でも！」

「でも、しかしも、ありません。じゃあ聞きますが、あなたたちは祐人君に何かしてあげましたか？　祐人君が喜ぶようなことを」

「そ、それは」

そう言われると……した覚えはあまりない、というより皆無かもしれない。

すると朱音は祐人が可哀想な少年と言わんばかりの顔をする。

「はぁ～、きっと女の子に慣れていない祐人君だったから、たまたま周囲にあなたたちのような子ばかりで、女の子はそういうもの、という風に思っているかもしれないわねぇ」

「……!?」

「そうなると、ちょっと女の子に優しくされたり喜ぶようなことをされたら、すぐにコロ

ンといっちゃう可能性が大だわぁ」

「そんなことは！　私じゃなくても、祐人はみんなの中から……」

「ははあ、もし自分がじゃなくても祐人君がマリオンさんたちの中から誰かを選ぶというのなら納得する、と言いたいの？」

返事はしない。だが、瑞穂は自分の考えを言い当てられたとまた俯く。

瑞穂はマリオンや茉莉、ニイナが祐人を好きなのは納得がいくのだ。

きっとこの三人の祐人を想う心は自分にも劣らないものだと思うからだ。

「だから残念なのよ、あなたたちは。そんなの祐人君には関係ないわ。勝手にあなたたちが祐人君を好きになっているだけでしょ」

「で、でも、みんななら祐人の背負うものも受け入れられるもの。それは祐人も分かってくれる……と思う」

瑞穂は祐人の能力の一端を知っている。封印を解けば祐人は誰からも忘れられてしまうのだ。だから祐人を決して孤独にさせない人がいなくてはならないと思っている。

その可能性を持っている人間だけが祐人の横にいられる。

いや、いて欲しい。

瑞穂の考えていることは独りよがりなのかもしれない。

しかし祐人を想うとどうしてもこう考えてしまう。

他によい考えなど浮かばないのだ、自分では。

「まったく関係ないわ。色恋沙汰は言わなくても伝わる、分かってくれる、なんてものは通じないの。行動を起こしたものがイニシアチブを握るのよ」

たしかに朱音の言っていることも分かる。よく理解できる。

でも、祐人を忘れなかったのは自分たちだ。

ニイナはまだ思い出していないが明らかに祐人のことを気にかけているのは間違いない。きっと無くした祐人の記憶を追い求めているだろう。

だから祐人はきっと自分たちの中から選んでくれる、と強く思う。もちろん自分を選んでもらいたいがそうでない場合はこの中から選んでほしい。

「じゃあ、今からでもあなたが祐人君に優しくしたり、喜ばせて女の子の耐性を作っておかないと、もう駄目かもしれないわね」

「そ、そんなこと言ったって、どうすれば喜んでくれるのかすぐには思いつかないし」

「何を言っているの。そんなの簡単よ。聞けばいいのです、祐人君自身に」

「え？　ああ」

「そんなことも分からないからあなたは駄目なのです。今から祐人君の部屋に行って今回のお礼を言ってきなさい。もちろん素直に心から伝えるのです。それで祐人君の希望を聞けばいいではないですか」

「い、今から？　こんな遅くに？」

「こういうことは早い方がいいのです。それと今から私の言う通りに聞くのです」

そう言うと朱音は立ち上がり瑞穂の横に座る。

そしてぴったりと身体を寄せて瑞穂を横から見つめた。

母の顔が近く瑞穂は思わず避けようとするが、その絶妙なタイミングで瑞穂の手を両手で握り、同じ血を引いているとは思えない大きな胸の辺りにまで持ってくる。

「ちょっ……お母さん！」

慌てる娘に構わず朱音は熱っぽい視線と表情で瑞穂にさらに顔を近づけた。

「祐人、本当にありがとう。どんなに言葉を尽くしても感謝の気持ちは伝えきれないわ。だから……祐人が私にして欲しいことを教えて。私はあなたが喜んでくれることをしたいの」

「い⁉」

同性でかつ母親にもかかわらず、強烈な色気にあてられた少年のように瑞穂は顔を真っ赤にして声が出ない。

さらに朱音は固まっている瑞穂を押し倒して瑞穂に覆いかぶさる。朱音は一瞬だけ恥じらうように視線を外して、ゆっくりと顔を瑞穂の胸の上に乗せた。

「今日は……今日だけは何でもするから。二人だけの秘密よ」

朱音は顔から火が出そうになっている瑞穂から澄ました顔で離れると元の位置に座った。

「こうするのです」

「できないわよ‼　自分の娘に何をさせる気なの、お母さんは！」

「それとこれを着ていきなさい」

瑞穂の剣幕に構わず、朱音は可愛らしいシルクのパジャマをどこからか取り出した。

「ネグリジェもいいですが、狙いすぎですから思春期にはこれでも十分でしょう」

「だから！」

「では祐人君を知らない女の子にとられてもいいのですか？　これくらい、みんなしているのです。知らないのはあなたたちぐらいです」

「え⁉　みんな！　そんな大胆なことを……？」

「あなたは……これだから。それにあなたは何を想像しているのですか。私が自分の娘にふしだらなことを勧めるわけがないでしょう。ただお礼をしたいから祐人君にしてもらいたいことを聞くだけです」

「嘘よ！　だって……」

「私が言っているのはこれぐらいのことは恋愛慣れした子はしてくるという話です。そんな子に祐人君が出会ったらどうなると思いますか？　純朴で女性慣れしていないあの子が。しかも、その女の子が悪い子だったらどうするのです。ただただ、祐人君の才能と実力だけを気に入っただけの子だったら」

「～～～～！」

瑞穂は何だか分からなくなってきた。母の言うことは本当だろうか？　と迷いだす。

祐人は好きだし祐人にお礼もしたいし喜んでもらえることをしたいとは思う。

「だから私は祐人君を心から好きでいる純真なあなたを応援しているだけなのです。それに祐人君みたいな真面目な子が邪なことを言ってくるわけがありません。あなたは真っ直ぐに、ただ祐人君の欲望……要望に応えればいいのです。どんなことを言われても！」

一悟あたりがこれを聞けば単に色仕掛けで既成事実を作ろうとしているだけと突っ込むところだが、そこは瑞穂も箱入りのお嬢様だ。

男女の機微などに関して根本的なところに理解が乏しい。

周囲にもマリオンと茉莉、ニイナといった恋愛に詳しくない人間しかいない。

「と、とりあえず祐人には改めてお礼を言ってくる。それでいいでしょう！」

と、言いながら朱音から受け取ったパジャマを片手に瑞穂は立ち上がった。

「そうですね、そうしなさい」

瑞穂がなんとも緊張した顔で部屋を出て襖を閉めると「あ、瑞穂、お風呂に入ってから行きなさいね」という声が聞こえてきた。

母の部屋を出た瑞穂が頭を押さえながら自室に戻ろうと歩いていると携帯にＳＮＳの着信が入った。

最近になって女子だけのグループを作ってやりとりを始めたものである。

見れば静香から全員に伝えたいことがあるから、どこかに集まろうというものだった。

「何かしら？　こんな時間に集まろうなんて」

瑞穂は首を傾げた。

大祭に関することなら祐人たちも含むべきだが、これは女子だけのグループのものだ。

瑞穂は手に持っているパジャマを見つめる。

自分はこれから祐人のところへお礼に行こうかと思っているところだ。

これから祐人と二人きりになると思うと、ちょっとだけ頬を紅潮させる。

急ぎじゃないのなら断ろうかな、と頭をよぎる。

すると、さらに静香から着信が入る。

そこにはこんなことが書かれていた。

〝超重要情報をみんなに伝える！　必ず集まるべし。場所は私の部屋。女の友情よ、永遠なれ！〟

読んでも、よく意味が分からない。

だが何故か瑞穂はとても気になってきた。

祐人の部屋に先に行くべきか、とも思ったが静香の部屋に足を向けたのだった。

◆

次の日、決勝戦当日。

祐人は準備を終えて豪華な部屋を出ると会場に向かった。

昨日はジュリアンたちとの激闘の疲れはあったが、ぐっすりと眠れたので今は体の調子がいい。

祐人にしてみれば魔界での戦場でこのように休める日などほとんどなかった。

それに比べれば随分と環境がいい。

実は昨夜、祐人だけ特別な部屋に案内されたのだ。五つ星ホテルのスイートルームのような部屋で驚き恐縮したが、明良から「これは四天寺からのお礼と感謝なので受け入れてください」とにこやかに言われたのでその厚意に甘えることにしたのだ。

（いやぁ、あんなに大きくてふかふかしたベッドなんて初めてだったなぁ。一人で寝るサイズじゃないよな。バスローブなんて生まれて初めて着ちゃった。なんと朝食まで部屋に持ってきてくれたし、すっごい好待遇だったなぁ）

慣れぬ高級ホテルに泊まったような気分だがリラックスできたのは事実で祐人の表情も晴れ晴れとしたものだった。

それにしても部屋内のすべての備品が二人分あり、そういう仕様なのだろうと驚いた。

（朝食まで二人分だったけど、そういうものなのかな？　全部、食べちゃったけど）

上流階級の常識などよく分からないので祐人は深く考えるのはやめた。

朝食を持ってきてくれた四天寺の女性の使用人が部屋内をキョロキョロしていたようにも見えたが四天寺家の人間も滅多には入らない部屋だと言うので納得した。

決勝戦前だというのに祐人がここまでリラックスしているのは理由がある。

というのは決勝戦というが厳密に言うと決勝戦ではない。

本来はトーナメント戦を勝ち抜いた大祭参加者の最後の審査と言う方が近いだろう。

審査員は当然、瑞穂である。瑞穂が認めなければ直ちに終了だ。

つまり予定通り。

これからの瑞穂との試合に予定通りに負けて瑞穂の実力を内外に認めさせる。

今後は大祭など開かなくとも瑞穂が認めれば問題ないという流れを作ればいい。

「さて、行こうか！」

そう言うと祐人は新たに作られた特設会場に向かった。

祐人は会場に着くとまず特設会場に驚かされた。

「す、凄いなぁ。こんなものを一夜で作っちゃうなんて」

胸の高さぐらいまである土台に縦横五十メートルくらいの広さがある。

これならばどのような能力者でもある程度の自由度は確保される。

つまり近距離戦闘から中距離戦闘までは可能な作りになっている。

さらにはそれを囲うように客席が用意されておりまるで格闘技の試合会場のようだ。

（まあ、戦わないけどね）

「やあ、祐人君、来ましたね。祐人君の控席を別に用意しているからそこで待っていてください。やっぱり、いきなり登場という風にはしたくないみたいでね。大祭運営を任された者たちもこだわりがあるんだよ」

そこに明良が現れて待機場所まで案内してくれる。

「はあ、そうなんですか」

自分としてはあんまり派手に演出して欲しくはないが、これは仕方ないのかもしれないと祐人は余計な事は言わなかった。祐人は明良に連れられ客席の間を抜けながら改めて会場を見渡す。

「それにしてもすごいですね、これ。しかも一日で作ってしまうなんて」

「ああ、この簡易武道場かい？　そうでもないよ。これは組み立てるだけですぐにできるんだ。問題は資材の置き場所とそれを運ぶ手段だけなんだけど、うちはそれに困らないからね。それはそうと祐人君はこれを見たことあるんじゃないかい？」

「え？　見たことですか？　うーん？　あ……まさか」

「そう、新人ランク試験の時にも使った特設武道場だよ。これは機関が開発した特別製でね、ちょっとやそっとの衝撃(しょうげき)では壊れない能力者用に作られたものなんだ。また、そこまで重いものでもなくてね、組み立てても容易という優(すぐ)れものなんだよ」

「へぇー、そうなんですね。言われてみればアルフレッドさんと僕(ぼく)の体術試験の時も問題なかったな。相当な衝撃にも耐(た)えうるのは本当か」

明良の後について行きながら感心する祐人は決勝参加者用なのか、随分と立派な席に案内された。

場所は会場の外側で周囲に囲いもあり、まさに控室のようになっている。

「祐人君はここで待機しててください。あとで飲み物とか持ってきますから。準備ができ次第、マイクで呼ばれるから堂々と出てきてください」

「あはは……堂々と、ですか」

「はい、堂々とです。何てったって祐人君は襲撃者撃退の最大の功労者でしかも大祭の最後まで残った唯一の参加者なんですから。他の参加者とは別格の扱いを受けて当然なんです」

「わ、分かりました」

明良が出て行くとすぐに祐人の世話係のような人たちも現れ、飲み物の準備や何故かスタイリストまで来て祐人を驚かせた。

こうして待つこと約一時間。

ついに大祭最後の催しが始まろうとしていた。

祐人の人生で忘れられない一日となる日でもあったりする。

◆

祐人の控室を出た明良は首を傾げた。

「ふむ、おかしいですね。あまりに祐人君の反応が素でした。あれぐらいの歳ごろで、しかも初めてのお相手の家でとなると、もっとソワソワしそうなものですが……」

明良は携帯を取り出すと運営に電話を掛けた。

「明良です。はい、婿殿は控室に案内しました。それはそうと肝心の瑞穂様はどこにいるのですか？　まさか、まだ婿殿の部屋にいるとか……え、いなかった⁉　いた形跡がないですって？　では昨夜から瑞穂様はどこに行っていたのですか」

実は昨夜、瑞穂が自室にいなかったという情報が四天寺家の人間たちにかけ巡ったのだ。すでに深夜でありいつもの瑞穂なら寝ている時間だったという。

大祭運営の件でやむを得ず瑞穂に確認しなくてはならないことがあり、自室を伺ったのだが本人がいなかったのだ。

この情報はすぐに朱音の耳に入り、朱音はニンマリ笑って「放っておきなさい」と言ったことから、この朱音の態度も材料となって従者たちの間で瑞穂の特別な日とプチお祝いを始める者までいたのだ。

「こちらにも来てませんが。分かりました。とりあえず瑞穂様を見つけましたら控室に来るように伝えてください。はい、では」

明良は電話を切ると小さく嘆息した。

自分も大いなる期待をしていたので拍子抜けした気分だった。

（しかし、そうなると本当にどこに行っていたのですかね。うん？　ああ、もしかして……）

おそらく茉莉やマリオン、ニイナたちと集まっていたのだろう、とピンときた。

よく考えればそちらの方が自然でむしろ最初からこっちを考えるのが普通だろう。

自分も含めて皆の強い願望が状況判断を狂わせていたのかもしれない。

（とはいえ、朱音様はそういう勘違いのないお人なんですが。珍しいですね）

明良はこの点は引っかかったが、そういうこともあろうか、とそれ以上は気にせず観覧者誘導の打ち合わせに向かった。

祐人はもうすぐ始まるとだけ伝えられて控室の椅子に座って待っていた。

スタイリストにセットされた髪型を鏡で見つめる。

「それにしてもこれから激しく動くかもしれないのに髪の毛をセットしてもなぁ。化粧までされたし……正直、名家のノリが分からないよ」

と言いながらも自分の顔を正面から見たり斜めにしたりと確認している。

実は意外と気に入っていたりした。

「祐人ぉぉ‼」

「うわぁ！　な、何だ、一悟か。びっくりさせないでよ」

突然、一悟が控室に飛び込んできたので祐人は鏡の前で飛び上がってしまった。

一悟は祐人の言うことなど歯牙にもかけず血相を変え、息も整わないまま祐人の両肩に手を置いた。

「いいか、祐人。よぉく聞け！　お前の味方は俺だけだ！」

「は？　いきなり何を言って……」

「今は説明する時間はない。ただ伝えておくぞ、今からの戦いは熾烈を極めるだろう。だがな、俺たちは自分たちの道を突き進むんだ。何人にも俺たちの行く道を阻ませてはダメだ！」

「ちょっ、何を言ってるの？　決勝戦ったって瑞穂さんに適当に負けて終わりでしょ？　最初からそういう話だったじゃない」

「だからぁ」

〝それでは皆様、お待たせいたしました！　今から四天寺家の神事、入家の大祭の最終戦を開催いたしまぁーす！〟

大きなアナウンスが入り観覧席から盛大な歓声が聞こえてきて一悟と祐人は控室の外に意識がいく。

「むう、始まってしまった！　祐人、気を引き締めていけ。俺はお前のセコンドにつく」

「セコンドって……格闘技の試合じゃないんだから」

〝それではぁぁ！　大祭の最後、まさに本祭を始めまぁぁぁす！　皆さんはぁぁ、その歴史的場面の目撃者となるぅぅぅ！〟

まるでプロ格闘技のメイン試合のアナウンスのようで祐人はこけた。

「なんだこりゃ！　もう格式も何もない雰囲気だよね！」

〝さあ、この大祭に最後まで残った勇者を紹介します！〟

（ゆ、勇者って）

〝数々のハプニングに見舞われたこの大祭をものともせず、それどころか最も存在感を放った一人の戦士。皆さんも目にしたでしょう！　トーナメント戦でも！　襲撃してきた敵にも！　その圧倒的な雄姿を見せつけたこの人を！〟

アナウンスの内容が恥ずかしくて祐人は悶えるが流れから祐人がもう呼ばれそうな雰囲気だ。

一悟は鋭い眼光でアナウンスを聞き静かに祐人へ顔を向けた。

「祐人、俺はお前の親友だ」

「お、おう、なんだよ、いきなり」

「だから俺だけを信じろ。それ以外は全員……敵だ！」

「敵⁉」

〝そう……実はランクはＤ。戦った相手はすべて格上。では今までの活躍は偶然？　幸運？　それとも幻？　そんなことはこの後、確認すればいい！　堂ぉぉぉ杜ぃぃぃぃ祐人様ぁぁぁぁ！　入場ぉぉぉぉ！〟

「堂杜様、こちらへどうぞ」

この上なく恥ずかしい入場のアナウンスが入ると控室の出入り口からスタッフが誘導してくれる。

「あはは……はい」

祐人が控室を出て観覧席の間の花道に姿を現すと勇ましい入場ミュージックと割れんばかりの歓声が飛び交う。

（ひぃぃ、ついていけないよ、このテンション）

祐人は顔を引き攣らせながら中央の武道場に進み、背後から一悟が真剣な顔で祐人の肩を叩いたり揉みほぐしながらついてくる。

「ビビるな、祐人。心を落ち着かせるんだ」

妙にセコンドが板についている一悟が後ろから励ましてくる。

祐人が武道場に上ると一悟はコーナーの下で腕を組んで見守るような姿勢。

〝続きましてぇぇぇ！　この大祭の主役の入場でぇぇす！〟

アナウンスが入ると瑞穂が現れるだろうところから大量のスモークがたかれる。

〝この大祭に参加を希望した皆様なら知らぬ者はいないでしょう！　四天寺家の一人娘にして天才の名を欲しいままにしてきた百年に一人の精霊使い！　可憐な外見とは裏腹に秘められた闘争心と実力は同世代最強クラス！〟

〝四天寺家の姫、四天寺瑞穂様の入場でぇぇぇす‼〟

スモークが薄くなり代わりに花道入り口の左右からド派手な花火が吹き上がった。

瑞穂が姿を現した。

途端に大歓声と入場ミュージックが吹き荒れる。

が……ＭＣや四天寺家のスタッフたちが首を傾げる。

「あ、あれ？　おかしいですね。瑞穂様の服装はドレスか着物ではなかったでした？　あれは四天寺の戦闘用の道着ですよ」

「それよりもこの音楽は何だ？　誰がこんなレクイエムを流せと」

「それに瑞穂様の後ろについている人たちは誰だ。聞いてないぞ」

瑞穂の後ろには四人の少女が控えている。

荘厳なパイプオルガンで演奏したレクイエムを流し、瑞穂たちはゆっくりと中央の武道場に進んでいく。

何故か表情が影でまったく見えない瑞穂及び少女四人、マリオン、茉莉、ニイナ、静香を祐人は見つめた。

「えっと……魔王たち？」

まさに魔王のごとき闇のオーラを放った少女たちがこちらに向かって来る。

祐人の身体が小刻みに振動し、脳内には「ＥＭＥＲＧＥＮＣＹ」の警告音が鳴り響く。

「き、来やがったか、悪魔どもめ」

一悟が額から流れる一筋の汗を拭いながら呟く。

「え？　一悟、今、何て言った？　というかなんかおかしいよ。みんなおかしいよ。なななんで僕は身の毛のよだつ殺気を感じるのかな？」

「狼狽えるな！　気持ちで負けたら終わるぞ！」

「何の話⁉」

こうしている間に瑞穂たちが到着し、瑞穂は祐人と反対側のコーナーに上がってきた。

〝そそそ、それではルールを説明いたします！　よろしいです……か？〟

瑞穂たちは無言にして無表情。

というより瞬きをしている様子がない。

ＭＣは打ち合わせにはないただならぬ雰囲気を感じとり困っている様子だ。

だが進行はリズム良く、が大事なため、そのまま進める。

〝話は非常に単純でぇす！　大祭に自らの意思でぇ！　瑞穂様の伴侶にぃ！　つまり四天寺の婿に！　どうしてもなりたいと望んだ参加者がぁぁ！　あ、この場合堂杜祐人様ですが、瑞穂様に実力を示しそれを瑞穂様本人が認めればいいのでぇぇぇす!!〟

（なんか強調している部分がおかしい気がするんですけど）

祐人は笑顔のＭＣの説明に違和感を覚えるがもちろん茶々などいれることはできない。

そんなことよりも本来、共謀者であるはずの少女たちから何故殺気を感じるのだろうか。

（あとは事前に話し合ったように僕があっという間に負けて降参すればいいはず……だよね？）

〝つまり！　分かりやすく言えば瑞穂様と堂杜様で戦ってもらい、堂杜様が勝てば無条件で四天寺に迎えられることになるでしょう！　また、もし勝てなくとも瑞穂様が認める実力を示せばやはり四天寺に迎えられます！〟

この時、祐人は背中に走る悪寒が止まらずに瑞穂たちを確認した。

おかしい……表情が見えない。

〝さあ、どのような結果になるのかぁぁ！　それはこれから始まる戦いが……〟

場を盛り上げるアナウンスが続いているが、祐人は現状がよく分からず頭に入って来ない。

――この時、
同じ試合場に上がってきた瑞穂、その背後のセコンドについているマリオン、茉莉、ニイナの視線と交差した。


「のひょー‼」


（ちょちょちょ、何であんなに怒っているの⁉）

「おい、祐人！　作戦を言う！　こっちに来い！」

「ハッ！」

一悟の声で我に返った祐人は一悟に近づいてしゃがんだ。

「ちょっと、一悟、何あれ！　すっごい怖いんですけど！　尋常じゃないよ、あの人たち！」

「いいからよく聞け！　それも含めて説明するから。いいか、まずはこの試合での目的を確認する」

「う、うん」

一悟もどこかいつもと違う。

ひょっとしたら何か問題が起こり、作戦が変更になったのかと話を聞くことにした。

「一悟、当初の作戦は僕が瑞穂さんにサッと負ければいいだけだったよね」

「そうだ、負ければいいんだ」

「あれ？　じゃあ、なにも変わってないじゃない」

「馬鹿者！　そんな覚悟ではお前、死ぬぞ！」

「死ぬの⁉」

意味が分からない祐人。

「四天寺さんはな、お前に勝つ気でいる」

「うん、それはそうだろうね、元々、そういう話だったし」

「圧勝するつもりだ」

「うんうん、そうだね。そうしないと周囲にも僕が認められなかった説明がつかないもんね」

「完膚なきまでに倒すつもりだ」

「うんうん、まあ、そういう風にみえるようにしないと」

「お前を数週間、再起不能にしようとしている」

「うんうん、それぐらいの方が……は?」

「残りの夏休みは病院で大人しくさせるつもりだ」

「ええ————!!　ちょっと、どういうことだよ!　何でそんなことに!?」

祐人は反射的に一悟の肩を揺らす。

「簡単に言うとだ」

一悟は目を瞑りフッと笑う。


「……合コンがバレた」


「……え?」

一悟の意外な言葉に祐人が呆気にとられる。

「い、いや、待ってよ。そんなことであんなになるの?」

「前に言ったよな。合コンは絶対にバレてはならない、と。女の子というのはな、たとえそこまで気になっていない男子でも合コンによく行っていると聞くと評価を下げたりするんだ」

「そんな……でもあの感じは評価を下げるってレベルじゃないよ！」

そう言うと祐人と一悟は少女たちに目を向ける。

「……ひっ」

「……クッ」

祐人と一悟は禍々しいオーラを放つ少女たちをずっとは見ていられずに顔をそむける。

「祐人、今回の合コンは状況とタイミングも悪かった。まあ、俺たちのせいではないんだが」

「タイミング？」

祐人は首を傾げた。

「そうだ。いいか、考えてみろ。この大祭は四天寺さんの婿探しの催しだ。つまり曲がりなりにもお前は婿候補に立候補した人間になる。そんなお前が合コンに彼女探しに行くのを同時進行させていたら相手はどう思う」

「そんな！　そもそも僕たちは大祭を潰すのが目的だったじゃない！」

一悟は分かっているから、まあ聞け、という様子で祐人を制止する。

「さらにだ」

「う、うん」

「今回の騒動で日程が変わって最終日が今日になった。だけどな、こんなイレギュラーがなかったら本来の最終日はまさに合コンと同じ日。しかもお前が決勝戦に残っていたと仮定した場合、始まってすぐに負けないと間に合わない時間と場所だ！　これは失礼極まりない、と周りは思う」

「いい!?　でも合コンの日程はこちらの都合じゃなくて相手側の……」

「うん、俺たちのせいではない。だがな、これは危険な情報でもあるんだ。俺が絶対にバレてはダメだと言ったのはもう一つの意味もあった」

「何が？　一悟はそんなこと一言も言ってなかったよね」

祐人は首を傾げるが一悟はしたり顔で話を進める。

「何故ならな、お前のこの行動が周囲にバレたら四天寺家の顔に泥を塗ったと思われるかもしれないんだ。何も知らない他の参加者たちに四天寺さんの婿になろうって奴が合コンを優先してわざと負けました、って伝わったら……四天寺さんの価値がダダ下がりだろう。能力者としても女としても！」

「ええ！　そんな話なの⁉　僕は四天寺の警護を頼まれていたんだから四天寺の顔に泥とかないでしょう！」

「馬鹿だな、お前は。四天寺がそれを言えるわけがないだろう。四天寺はこの大祭が襲われるのを知っていた、と伝わったら暴動が起きるぞ。それは決して口外はできない。お前は大祭にはあくまで個人的に参加してきたにすぎない、ということにしなくては駄目だ」

「あ……そうだった。でも、それであんなに怒っているのか。僕たちが軽率な行動をとったということで」

「あれは違うけどな」

「え？　違うの？　じゃあ何の話をしているの？　君は」

「とにかくだ。大事なのはお前が大祭に参加しているにもかかわらず合コンに行くことを知った人間がどう思うかだ。四天寺家は大祭まで開いておいて恥をかくことを想定していない。だから合コンはバレてはいけなかった」

（そんなに重いのか……合コンって）

「でも瑞穂さんたちのはそれとは違うんでしょう？　じゃあ何なの？　あの怒りは」

「ああ、あれはお前が合コンに行くと聞いて、こう想像したんだ」

〝その日はぁ、超大事な合コンがあるからぁ～、こんなしょうもない大祭なんか適当にちょちょいと負けて可愛くておっとりした女の子に早く会いたいわぁ。僕の周りには頭に血がのぼりやすくて優しくもない女の子しかいないから嫌なんだよねぇ。法月さん、実は結構、胸ありそうだから楽しみだぁ〟

「ってな！」

「随分と具体的だね。そこまで想像できるかな？」

「うん？　う、うむ。まあ、想像力逞しい女性たちだな」

「しかも法月さんが来るって僕自身が初めて知ったんだけど」

「そうだったかな？」

「一悟……お前、つらつらとそれらしいことを言っているけど僕に何か隠してないよね？」

「隠してないぞ！　隠してはいない！　聞かれたことにはすべて答えているぞ、俺は」

「聞かれたこと、ね。ああ、じゃあ聞いていくよ。まず、どうしてバレたの？」

「水戸さんに感づかれた」

「で、何であんなに怒ってるの？」

「昨夜、水戸さんたちに女子部屋に拉致られて合コンの詳細を教えて欲しいと言われたんだ。もちろん断ったぞ！　あなたたちには関係ないことだってな！」

「うん……よく言えたね。僕だったらそこまで言えないよ。すごいね、一悟は。男らしい！」

祐人が正直な感想を漏らすと一悟は称賛と受け取り「そうだろう！」と勢いがつく。

そして、話を続けた。

「当たり前だ！　それでな、それでもしつこいから俺も正直、頭にきてな。ちょっとだけきつ～く言ってやったんだよ」

「言ってやった？」

「ああ、祐人はな、優しくて、お淑やかで、おっとりした女性を探しに合コンに行くんだ。それは楽しみにしてたぞ！　ってな。さらには自分の周りにはそういう女性がいないからドキドキするよ！　とも言っていたとな！」

「言ってないよ!!　何してくれてんの！　少しだけ考えたことはあるけど（ボソッ）……というより、そんな嫌味っぽいこと言ったらそりゃ怒るよ！」

「大体、あなたたちがボヤボヤしてるから祐人が他の女を求めてしまうんだ。すべて君たちの不甲斐なさが原因だ！　祐人の行動が気になるなら女を磨きやがれ！　とも言ってやった！」

「ど、どういうこと？　何の話なの、それは。そそそ、それに、そんな言い方したら余計に怒るんじゃないの!?　必要以上に」

「いいんだ、あれぐらいガツンと言ってやった方が！　あと祐人は胸が大きい女性が好みだとも言ってくれたわ！　マリオンさん以外は悔しそうにしておったわ！」

「馬鹿なのぉぉぉぉ!?　武人風に言っても駄目だからぁぁ!!」

「それで命からがらお前のところに来たんだ。薄皮一枚だったぜ」

「お前のせいで僕の命も薄皮一枚だよ！　お前はただ怒らせただけぇぇ！」

「だから言ったろう、お前の味方は俺だけだって」

「このアホォォォォ！　一悟が全員を敵にしただけだぁぁ！」

多量の涙で頬がずぶ濡れの祐人。

「もうダメだよ！　合コンは中止しよう！」

「は？　ふざけんなよ？　合コンだけは死んでも開く」

一悟の目が光る。

「何でだよ!?」

「合コンを中止するというのは俺の人生に汚点を残す。いいか、どんなことがあっても合コンはやる！　お前も死んでも参加してもらう、いいな」

（ええ……なんか一悟の目がヤバイ）

一悟のひとかたならぬ覚悟に息を呑むが、そぉっと背後にいる女性たちに振り返る。

「ひぃぃ!! あっちの目もヤバイ!!」

「祐人、いいか。作戦はな『無事に負けてこい』だ!」

◆

「あ、あのいいですか?」

司会を預かる四天寺家の女性がただならぬ空気に思わず小声で確認をする。

祐人は慌てて振り返り「はい!」と返事をしたので瑞穂に視線を移した。

「「ひ!」」

祐人と司会の小さな悲鳴が重なる。

瑞穂は瞳孔が開いたままで無言だ。

そのすべてを貫きそうな視線はただただ祐人に向かっている。

後ろに控えている三人の少女も同様である。

承諾の返事はなかったがMCとしてはこれ以上、先延ばしはできないのでマイクを口元に寄せて大きな声を上げた。

〝そ、それではぁぁ、長らくお待たせしましたぁ! 入家の大祭、これが本祭と言ってもいいでしょう！　四天寺瑞穂様と堂杜祐人様の試合を開始します！　瑞穂様が配偶者として認めるのか、堂杜様が認めさせるのか！　とくとご覧あれ！〟

ＭＣは言い放つとまるで逃げるように武道場の上から飛び降りた。


祐人はゴクリと唾を飲む。

相変わらず瑞穂の表情は影で見えない。

（ま、まあ、怒ってはいるけどさすがに冷静さまでは忘れてないよね）

その点に関しては間違いない、と祐人は思っている。

問題は一悟の言い方がとにかく悪かったのだと想像していた。

特に最後の女性の体形について嫌味に聞こえる言い方は良くない。

非常に良くない。

いくら普段、仲の良い友人たちとはいえ、それはアウトだ。

（まったく一悟は！　いつもは女性の扱いは誰よりも上手いくせに！）

対戦をする祐人と瑞穂はコーナーから中央に向かって進み距離をとって対峙した。

（でも、僕は胸がどうとか言っていないし一悟が勝手に言っただけだ。それを試合中に伝えれば皆も許してくれるだろう）

と考えつつ一悟の伝えてしまった内容は否定していない。

あくまでも言ってはいない、これが大事。

祐人は構えた。

それに対し瑞穂は腕を組んだまま仁王(におう)立ちしている。

とりあえず祐人としては戦う意志を観客に見せておかねばならない。

あまりにわざとらしく負けてはいらぬ疑いが生じて場合によっては一悟が言っていたように瑞穂の女性の価値が下がってしまう可能性がある。それはあまりに申し訳なさすぎる。

祐人は正面から瑞穂に向かって走り出した。

（まずは派手に仕掛(しか)ける！）

〝おおっとぉぉ！　堂杜様が正面から仕掛けましたぁ！　これまでの戦い方からみれば堂杜様の戦闘スタイルは近接戦闘特化型！　それに対して精霊使いは中距離(ちゅうきょり)、遠距離(えんきょり)が得意レンジ！　この距離感が戦いの行方(ゆくえ)を左右するでしょう！〟

観覧席から大歓声が上がる。

祐人は瑞穂が自分の仕掛けをどう受けるのか見定めながら接近戦に持ち込みたいと考えていた。

（よし、近づいたら誤解を解いて、それで負けるタイミングを相談すれば……）

この時、祐人の顔面の真横を光線のようなものが横切った。

その光線は観客席の間までを通り抜け、その背後にある大木に命中する。


「「……え？」」


祐人とMCが間抜けな顔を上げた。

観客たちも驚きのためか、全員、口を閉ざす。

祐人の足が止まり、背後を振り返ると光線らしきものが命中した大木は幹に大穴を開け、そこから激しい炎が出現し跡形もなく燃やし尽くしてしまった。

「えっと……中々、すごい術だね？」

常識的に考えてあれだけの大木がこれだけの短時間に灰になることはない。

しかも命中した大木だけが灰となり、他には影響がない。

どうやら、あの光線に当たった対象だけがダメージを負う術のようだ。

「祐人、後ろ、後ろ――！」

一悟の必死の声に祐人はギクッとした。

同時に顔面蒼白になる。

たった今、凄まじいプレッシャーと何かヤバイものが解き放たれたように感じたのだ。

祐人はこの感覚に覚えがある。

これはミレマーで瑞穂がミズガルドを倒す際に放った大技と酷似していたのだ。

祐人の視線が天才精霊使いの少女に向かう。

ここでようやく瑞穂と祐人の目が合った。

「祐人……」

「はい」

「ごめんなさいね」

「え？　何のことを謝って」

「お淑やかでなくて!!」

「のひょ！」

瑞穂から霊力が吹き上がる。しかもあの瑞穂が涙目だ。

祐人はすぐさま誤解を解こうとするが瑞穂の背後にいる三人の少女たちからも声が上がる。

「ごめんなさい、祐人さん。シスターでもあるのに最近の私に癒しがなくて!!」

「ええ、ごめんなさいね、祐人。祐人以外に猫かぶりで。祐人にだけ優しさを発揮しないモンスター幼馴染（おさななじみ）で！」

「堂杜さん、ごめんなさい。女を磨いてなくて！」

「あわわ……ぼぼぼ僕は、そんなこと言ってないよ。全部、一悟が勝手に！」

祐人は四人の少女の視線を一身に受けると身体が震（ふる）えあがり言うことを聞いてくれない。

すると瑞穂がニコッと笑う。

「あとね、祐人。合コンが大好きなあなたにアドバイスを送るわ」

「いいい、いや！　別に好きってわけでは」

「女の子をね」

瑞穂が笑顔のまま両手を上空に上げる。

瑞穂の遥（はる）か頭上から風がゆっくりと降りてくる。

「胸の大きさで評価するのは……やめなさい!!」

涙目の瑞穂が腕を振り下ろす。

途端に風に乗った炎が祐人に襲い掛かった。

「ひょえ――!!　瑞穂さん、それが当たったら死んじゃう！　死んじゃうやつ――!!」

「それに私はそこまで小さくないわ！　これからだって成長の余地はあるのよ！　本当は私だって祐人に評価して欲しいのに！」

「そうよ、その通り！　今だって、どれだけあなたのために努力してると思っているのよ！」

「私だってそうです！　いっぱい調べて、色んなことを実践しているんです！」

茉莉とニイナも涙目で訴える。

マリオンだけは「それは仕方がないですけど」とはにかんでいる。

だが祐人はそれどころではない。

掠っただけでも重傷必至の大技から必死に回避した。

「あーあ、だから、普段からそれをアピールしろって言ったんだけどなぁ。あれじゃ聞こえてないだろ」

一悟が呆れた顔で肩を竦めた。

# エピローグ

「あ、朱音様……」

「言わないで、左馬之助さん。本当にあの子は……。祐人君を招き入れる千載一遇のチャンスかもしれないのに」

朱音が頭を押さえながら息を漏らした。このような朱音の姿は本当に珍しい。

左右に控える神前、大峰の当主である左馬之助、早雲も初めて見る姿だった。

朱音は四天寺家のリーダーであり精霊の巫女でもある。

精霊の巫女とは精霊から叡智を受け取り、世界の成り立ちを伝える者でもあるのだ。

そのためなのか朱音はどのような出来事や事象を見ても驚くことはなく、むしろそれが当然かのように冷静だ。

すべてを見通しているのか、と周囲は疑いもしたが朱音は何も語らないのでそれは分からない。

ただその時代に精霊の巫女が現れるということには意味がある、と精霊使いたちの間では言い伝えられている。

二百年以上空席だった精霊の巫女が現れたことは世界中の精霊使いにとって大事件であり、どの精霊使いの家系も朱音に注目している。

毎年、世界中の精霊使いの家系から必ず表敬訪問を受けるのもそのためだ。

その朱音が再び試合会場に目を移す。

「まさか、あなたが秋子さんを狙っていたなんて盲点だったわ！」

「はい――!?　秋子さんって、法月さんのこと？　ちょっと待って！　一体、何の」

「しかも！　あなたが病院で治療と称してやったあれはこの時の布石だったのね！　そんな邪な考えで乙女の体に触れて胸ばかり見てたのね！」

「瑞穂さん！　その術はおかしい！　その術は会場がぁぁぁ！　ぎゃー！」

朱音はもう一度、ため息を吐くといつもの表情を取り戻した。

瑞穂の放った術が観覧席にまで迫るのを四天寺家総出で防いでいる。

「左馬之助さん」

「はい」

「仕方ありません。とりあえず今回は祐人君を諦めます」

「なんと……婿殿を諦めるのですか」

今の左馬之助は祐人を認めてしまっており心底残念な顔を隠さなかった。

戦闘では一族を救ってもらうこと多数、人間性にも問題はない。これほどの婿を探すことは難しいと考えている。何よりも自分自身が祐人を気に入ってしまっていた。

「そうではありません。起きてしまったことを最大限に活用しましょう、ということです。まずはこれです」

朱音は試合場の上で祐人を追い回す涙目の愛娘を指さした。

左馬之助は朱音の真意が分からずに首を傾げる。

「早雲さん」

「はい、朱音様」

「二人のこの姿を世界中の能力者及び国家機関に情報として流しなさい。編集の仕方によってはいい物ができます。どうして祐人君はこの大祭にランクD程度の実力で参加してきたのか、瑞穂は敵の襲撃の際に祐人君の下に行ったのか、瑞穂と祐人君の馴れ初めも織り交ぜておくといいでしょう。二人の関係性の解釈は早雲さんの方で考えて構いません」

一瞬、「は?」と呆気にとられた早雲だったが、しばらくすると合点がいったというように笑みをこぼす。

「ふふふ、なるほど。承知いたしました。そうですね、では、これを瑞穂様と婿殿の壮大な〝痴話げんか〟として流してまいります」

「任せます。それと今回の件で名が売れた祐人君を調査しようという方々が現れるでしょう。その場合にもそれを使いなさい。瑞穂の婿探しがより難しくなるリスクもありますが、そもそも祐人君しか眼中にないのでもういいでしょう」

瑞穂が放つ大技を祐人が皮一枚で躱す。

祐人は防戦一方でもはや戦いにすらなっておらず逃げまわっている。

何度も「降参です！」「参りました！」と必死に訴えているのだが、何故か受け入れてもらえない。

どうやらＭＣ兼レフリーは瑞穂の強い視線を受けて見ぬふりをしているらしい。

観客たちはというと……顔を青ざめさせて硬直している。

ここにいる半数以上がこの堂杜なる少年の戦いぶりを見た。

誰しもが驚愕し、勇気づけられ、そして、四天寺家にこの少年が迎えられることを真剣に恐れた。

それほどのインパクトがあったのだ。

だが、今見ているものは、

「逃すかぁぁぁ！」

「ギャー！　瑞穂さん、落ち着いてぇぇ！　ブフォ――！」

祐人が地面から突き出る岩を何とか躱していた。

瑞穂の術には隙が無く、祐人がまったく近寄ることができない。

早雲は深刻な表情で顎を手で摩る。

「たしかに他家や他の国家組織が婿殿にアプローチをかけてくるのは面倒です。これらの映像も情報として一緒に流します。うまく編集すれば婿殿の実力は大したことはない、と考えてくれるか、瑞穂様が強すぎる、のどちらかになるでしょう」

「おお、早雲、頼んだぞ。これ以上、お嬢のライバルが増えたらたまらん」

「しかし、これではもう入家の大祭が四天寺の秘事とはなりませんね」

「構いません」

早雲の苦笑いに朱音が即座に答えた。

「この四天寺家に迎えるに相応しい人物がいる。これだけで大抵のことは小事です。徹底的にやりなさい。いいですね、二人とも」

「承知仕りました」

「承知いたしました」

左馬之助と早雲が同時に頭を垂れた。

朱音は柔和な顔に戻り、横に座っているランクSS【剣聖】アルフレッド・アークライトに笑顔を見せた。

「それで剣聖はどうされるので？　祐人君に用事があるのでしょう」

「はい、ですが今すぐにではありません。それに祐人君に声を掛ける際には四天寺家にも報告いたしますのでご心配なさらず」

「あら、そんなことは心配しておりませんよ。それよりも剣聖」

「はい」

「むしろ、あなたの行く道に祐人君を連れて行くのが良いと思います」

「ほう……」

「いいですか、剣聖。機が整ったと考えた時、一番最初にするべきことは祐人君に会うことだと思うのがいいでしょう。四天寺も協力します」

「よく覚えておきます」

「日紗枝さん、日本支部で信用のおける人間を剣聖のサポートにいつでも回せるようにしておくといいです。もちろん内密に、です。剣聖がもし重要な情報を掴む時が来たときは機関総出の対応を迫られる可能性もありますから」

「はい、朱音様。そのようにいたします」

「剣聖、無理をしてはいけませんよ。帰ってくると分かっていれば女は耐えられます。ですが帰ってこないと気づけば、あなた自身の重しとして動くこともあるのです。これは覚えておいてください。ね、日紗枝さん」

「え⁉　朱音様。な、何を……」

慌てる日紗枝を横目に朱音はクスっと笑うがその目はここではないどこかを見ているようだった。

(これから剣聖を中心に何かが進んでいく気がします。まだ何かは分かりません。ですが、私たちが頼れる軸がこの一つだけでは分が悪いかもしれません。もう一つ、我々には軸が必要です。強力な軸がもう一つあれば未来を切り開く可能性が高くなるでしょう)

そう考えたところで朱音は祐人を眺めていた。

(こんなに手強いなんて！)

祐人が意外なほどにスタミナを削られて驚いている。

すると瑞穂のコーナーの下から茉莉の指示が瑞穂に飛ぶ。

今、茉莉の身体には澱みなく霊力が循環していた。

「祐人ぉぉ！　逃げ回るなんて男らしくないわよ！　瑞穂さん、祐人はそれを躱したら左奥のコーナーに移動して呼吸を整えようとするわ！　そこで範囲攻撃を！」

「分かったわ、茉莉さん」

（え？　読まれた！　何で分かったの⁉　しかも茉莉ちゃんが何故⁉）

「茉莉さん、とてもきれいに霊力が発動しています。これを続ければ少しずつスキルも発現していくと思います。ただ焦らないでくださいね。以前、倒れたみたいにならないとも限りませんから」

「はい、飲み物です、茉莉さん」

「ありがとう、マリオンさん。ニイナさん。何となくですけど見えてきました、祐人の考えや次の行動が。もっと頑張りますね」

「はい」

女性同士は和やかに言葉を交わすが祐人に視線を移した途端に瞳の光が消えた。

「ひぃぃぃぃ‼　こんなのどうすればいいんだよ！」

「祐人！　無事に負けるんだ！　いいな！」

この時、一悟が無責任な指示を送った。

◆

この大祭の後、案の定、堂杜祐人なる人物を調査し始める家や組織が激増した。

だが、中々掴めない。

流石は四天寺。そう簡単には情報をとらせないのだ。

しかし辛抱強く調査していた僅かな能力者の家系と組織が重要な情報を手に入れることに成功する。

時間とお金と優秀な人材を使い、ようやくにして手に入れた情報はこうだった。


愛し合う二人、四天寺瑞穂と堂杜祐人。

この危うい恋に走りそうな若い二人に困る四天寺家。

仕方なく四天寺家が祐人に実力を示せと内々に大祭の開催を決定。

思わぬ敵の襲撃、完全に虚を突かれた四天寺家。

瑞穂は咄嗟に愛する祐人を助けに行く。

襲撃で滅茶苦茶になった大祭。

他の残った参加者たちは負傷、もしくは参加辞退。

祐人は残り、最後の審査を受ける。

この時、四天寺家の重鎮たちは大きなため息と共に諦念して瑞穂と祐人との仲を公認。

……が、

瑞穂は祐人が他の女性をいやらしい目で見たことを怒り、なんと大祭最後の本祭で大げんか。

映像あり。

「ふんふん、なるほどねー」

「何がですか？　秋華さん」

秋華が腕を組んで大きく頷いているのに隣にいる琴音が首を傾げた。

二人は観客席の最前列で瑞穂と祐人の戦いを見ていた。

二人の計画からいくとこれで祐人と瑞穂が結ばれてはすべてが手遅れになってしまう。

そのため秋華はいざと言う時には強引な手を使ってでも邪魔するつもりでいた。

たとえば、てんちゃんの年齢詐称を訴え、兄である英雄の復活を画策等々だ。

また最後の手段は大勢の観客の前でてんちゃんの素性を明かすと祐人を全力で脅すという悪魔的な奸計まで考えており、四天寺を困らす数々の作戦を頭の中で練っていた。

だが、どうやら今回はその必要はなさそうだ、と秋華は考えた。

「どうやら最悪の事態はなさそうだわ、琴音ちゃん。堂杜のお兄さんはまだ四天寺に完全に取り込まれはしないわよ」

「え？　ええ、そうですね、瑞穂さん、鬼気迫るように戦っています。やはりまだ結婚は考えていないということでしょうか。それとも堂杜さんは違うと考えているのですかね。ひょっとしたら瑞穂さんも家の言いなりになるつもりはないと考えているのかもしれません」

「ぷぷぷ、まったく違うわよ、琴音ちゃん。でもそうね、家の思惑通りに動いていないのは間違いないわねぇ」

琴音らしい素直な考え方を好意的に受け取りながら秋華は笑う。

「よし、琴音ちゃん。もういいわ、帰りましょ」

「あ、はい。でも最後まで見ていなくていいんですか？」

「大丈夫だって。それに堂杜のお兄さんにはすぐに会えるから」

「え……？」

「だから琴音ちゃん。まだ家に帰っちゃだめだよ。そうだ、私たちが泊まっているホテルにおいでよ」

「それはどういう……でも、私の家はすぐに帰らないと。お兄様の件もありますし」

「その件はお付きの人たちが報告済みでしょう」

「たしかにそうですがやはり私の口から直接、聞きたがると思いますので」

「私の方から三千院家に連絡を入れておくから平気よ。黄家と繋がりができるのは三千院家にとっても悪い話じゃないから。今回の四天寺での事件について情報を共有するために御家にお伺いすると言っておくわ」

「はあ」

相変わらず強引な秋華に終始押されっぱなしの琴音は仕方なく頷いた。

自分からも実家には連絡を入れておこうと考える。

「さーて、今週土曜日には堂杜のお兄さんに会えるし、今後の作戦も琴音ちゃんに説明するから。一応、先に言っておくけど来月くらいに私の家に遊びに来てね」

「はい？　今週の土曜？　来月……？」

秋華の言うことがさっぱり分からない。

「んじゃあ、行きましょ。お兄ちゃん、私たち先に帰るから。ちょっと、お兄ちゃん、聞いてるの？」

後ろの列で必死に瑞穂を応援し祐人が死にかける度にガッツポーズと喜びを表現している英雄に秋華は声を掛ける。

「何⁉　……悪いが、秋華。俺は瑞穂さんの戦いを見届けてから帰る。いや、瑞穂さんが戦っているのに帰るわけにはいかん。俺は瑞穂さんと共に戦わなくてはならないからな」

「はいはい、じゃあ行っているわね。さ、琴音ちゃん、行こ」

秋華は琴音の手を取って歩き出す。

引っ張られる琴音は秋華に気になることばかり言われているので、どうにもすっきりしない。

二人は従者を連れながら観客席を抜けて四天寺家の正門に向かう道に出てきた。

「秋華さん、今週の土曜日ってなんですか？　それと来月のも」

「ふふふ、気になる？　琴音ちゃん」

悪戯っ子のように笑う秋華に琴音も若干、頬を膨らます。

「もう、何を企んでるんですか」

「簡単な話よ。堂杜のお兄さんと親睦を深めるイベントをこちらから起こせばいいの。それで堂杜のお兄さんにアタックするわよ、二人で」

「……っ⁉　それは、でもどうやって」

「堂杜のお兄さんに依頼を出すのよ。黄家からってね。泊まり込みで来てもらいましょ。それでその時に琴音ちゃんも我が家で寝泊まり」

「え⁉」

「琴音ちゃん、私の家に来るときは可愛い服を用意しておくのよ。もちろん、下着も、ね！」

「ええ──────⁉」

ウインクする秋華に顔を真っ赤に染め上げた琴音が飛び上がったのだった。

ちなみに土曜日の合コンは開催された。
男子の参加者は吉林高校から三名。
袴田一悟（幹事）
堂杜祐人（重傷）
最近、一悟と仲が良くなった新木優太（見た目ショタ）。

対して女性は……、
十人。
聖清女学院から法月秋子を含んだ三名。
何故か吉林高校から五名（参加者名省略）。

そして……、

偶然(ぐうぜん)、その場に居合わせたという黄秋華と三千院琴音だった。

# あとがき

たすろうです。

魔界帰りの劣等能力者十巻をお手に取っていただき誠にありがとうございます。

第４章の完結巻です。いかがでしたでしょうか。十巻目という大きな節目で物語が大きく動く巻だったと思います。水面下で動いている能力者組織も明らかになってきましたし、今後は彼らと激突していく予感を覚えます。

今回はページの関係で短いですが十一巻にも着手しておりますのでまた次巻でお会いしましょう。

皆様の応援はとても力になっております。すべて私どもに届いています。

ＨＪ文庫の編集の皆さま、営業の方、担当のＳさん、そして素敵イラスト連発のかるさんに感謝を申し上げます。

誠にありがとうございました。

「お兄さん、私の事守ってね」

入家の大祭が終わり無事に目的を達成した祐人。そんな彼の下に大祭で知り合った黄家の令嬢、秋華から手紙が届く。その内容は自分を護衛してほしいという緊急依頼だった！
金欠状態の祐人がすぐさま黄家行きを決める中、それを偶然知ったニイナが何故か秘書としてついてくることになり――
最弱劣等の魔神殺しが秘密を抱えた少女を守り抜く、第11弾!!
魔界帰りの劣等能力者
悪戯令嬢の護衛者
The inferior in ability who returned from the demon world
11
2023年初夏、発売予定!!

# 魔界帰りの劣等能力者

## 10. 魔人と神獣と劣等能力者

2022年12月1日　初版発行

著者――たすろう

発行者―松下大介
発行所―株式会社ホビージャパン

〒151-0053
東京都渋谷区代々木2-15-8
電話　03(5304)7604（編集）
　　　03(5304)9112（営業）

印刷所――大日本印刷株式会社

装丁――小沼早苗（Gibbon）／株式会社エストール



Printed in Japan

ISBN978-4-7986-3017-5　C0193

**ファンレター、作品のご感想お待ちしております**

〒151−0053　東京都渋谷区代々木2−15−8
(株)ホビージャパン HJ文庫編集部 気付
**たすろう 先生／かる 先生**

**アンケートはWeb上にて受け付けております**

**https://questant.jp/q/hjbunko**

- 一部対応していない端末があります。
- サイトへのアクセスにかかる通信費はご負担ください。
- 中学生以下の方は、保護者の了承を得てからご回答ください。
- ご回答頂けた方の中から抽選で毎月10名様に、HJ文庫オリジナルグッズをお贈りいたします。